La donna del bosco

Giovanni Lischio

LA DONNA DEL BOSCO

giallo

1ª edizione 2022

Uno

Entrato a far parte degli spiriti liberi - metafora gentile per indicare i pensionati "liberi" di volare in cielo - il professor Ernesto Mandelli aveva accentuato la sua tendenza maniacale all'osservanza degli orari, come si trattasse di un protocollo sanitario prescrittivo e vincolante. Sveglia alle sei e trenta, prima passeggiata alle otto del mattino, pranzo alle dodici, seconda passeggiata alle cinque del pomeriggio, cena alle venti, luci spente alle ventitré.
Ogni deroga agli orari era da lui vissuta allo stesso modo con cui si accetta un mal di denti o l'arrivo dell'influenza invernale. "Nulla dies sine barba resecta" ripeteva, parafrasando il detto latino "Nulla dies sine linea" attribuito ad Apelle.
Ben rasato e vestito, come richiesto dalla circostanza, uscì dunque per la sua passeggiata mattutina.
Era il mese di maggio e il vento primaverile carezzava le foglie degli alberi e i suoi radi capelli.
Percorse con impazienza un paio di strade piene di traffico per dirigersi verso il bosco, dove fu accolto dal saettare delle lucertole e dal fischio dei merli in cerca di bacche.
Giunto nel punto il cui il sentiero formava un'ansa, da sotto un groviglio di cespugli grigi di polvere vide spuntare una mano.

Arretrò inorridito, poi si guardò intorno fin dove poteva spingere lo sguardo in quel verde intreccio di rami, foglie e tronchi di alberi, ma non vide traccia di presenza umana. Tutt'intorno, si udiva solo lo stormire del bosco.

Alcuni giorni prima, lasciando un vuoto nella fila dei libri, aveva prelevato il romanzo "Giobbe" di Joseph Roth.

Giunto al termine, si era imbattuto in una immagine poetica, posta quasi a sigillo alla fine del libro: "Il vento andava a spasso tra i cespugli" e ne era rimasto colpito: un perfetto endecasillabo a maiore, destinato a stabilirsi nella sua memoria come un ospite atteso. Era strano però che la frase gli tornasse in mente in un contesto che con la poesia non aveva nulla a che fare. Se non, forse, come metafora distorta del vento della morte che andava a spasso tra i cespugli.

Aveva portato con sé il cellulare ma, in quel punto del bosco, non c'era campo. Fu tentato di tornare sui suoi passi, però qualcosa - ancora non sapeva dire quale, ma sentiva che era più forte dell'orrore provato di fronte alla scoperta - lo spinse a raccogliere da terra un bastone e a frugare.

Sotto una coltre nauseabonda di foglie e di terra, apparve il corpo seminudo di una giovane donna con vistosi segni di strangolamento intorno al collo.

Fece un balzo indietro e, nello stesso tempo, gli si annebbiò la vista. Serrò gli occhi nella speranza che l'immagine riemersa dal buco nero della rimozione si disperdesse con la nebbia che l'aveva generata.

Invece, diventava via via più nitida, costringendolo a correre al ritmo dell'affanno che tentava in tutti i modi di frenare i suoi passi. Alla fine, ritrovò l'uscita e la luce del mattino.

Si ricompose e, cercando di riprendere un'andatura normale, si diresse verso casa. Nel soggiorno, sopra uno sgabello laccato di bianco a lato della sua chaise-longue, ri-

trovò il romanzo di Roth. Vi posò sopra uno sguardo fugace e poi, mentre digitava il numero per chiamare la polizia, gli parve che il suo corpo cominciasse a dondolare come un ebreo davanti al muro del pianto.
- Chi parla? - chiese la centralinista.
Mandelli prima farfugliò, poi interruppe bruscamente la conversazione nel timore che si inceppasse il metronomo che, con il suo tic-tac, scandiva il ritmo regolare delle sue giornate. Un segnale premonitore lo aveva già avvertito nel momento in cui era stato costretto a interrompere la sua passeggiata.
La macabra scoperta l'aveva fatta lui, è vero, ma cosa c'entrava con la vicenda che aveva posto fine alla vita della donna? Chi era e perché la sua immagine continuava a tormentarlo?
Si distese sulla chaise-longue, socchiuse gli occhi e si mise a frugare nella memoria.

Casone, appena avvertito del ritrovamento del cadavere, inviò sul posto Colangelo che, da quando portava la fede all'anulare, sembrava ringiovanito. La moglie Aurelia, tornata incinta dal viaggio di nozze, lo aveva reso padre di un bambino che l'ispettore - mantenendo la promessa - aveva chiamato con il secondo nome del commissario.
- Che si chiami Carlo anziché Pasquale non importa, quel che conta è che resti una traccia di me e della nostra amicizia - aveva dichiarato Casone.
Intanto, uno dopo l'altro, giunsero sul luogo la polizia giudiziaria per i primi rilievi e gli accertamenti legali, quella mortuaria per il trasferimento del cadavere e infine un fotografo. Nei giorni successivi, nessuno dei parenti o degli amici si presentò per il riconoscimento del cadavere, dall'apparente età di trent'anni.

L'autopsia, disposta dal sostituto procuratore Cesare Lombardi, confermò che la morte era avvenuta per asfissia, e risaliva ad alcuni giorni prima. Se Mandelli cercava tracce per dare una consistenza meno aleatoria ai fantasmi che sembravano venire dal suo passato, non minore allarme si era creato in questura intorno all'enigma della donna.

- Nel corpo della vittima non sono state trovate tracce di sostanze stupefacenti - affermò Casone -. Da escludere quindi che la sua morte sia da collegare al mondo della droga. Inoltre, la relazione del medico necroscopo sostiene che, in base al colore delle macchie ipostatiche, il cadavere ha subito degli spostamenti prima di essere abbandonato nel bosco.

- C'è un significato in tutto questo? - domandò Colangelo.

- Dietro i gesti di un assassino c'è sempre un significato, per questo esiste la criminologia - intervenne Voglino.

- Non da criminologo, ma da semplice poliziotto - fece osservare Patanè - io penso che l'assassino abbia voluto solo depistare le indagini. Della vittima non conosciamo niente: il nome, da dove proviene, se è straniera o italiana. E soprattutto non sappiamo perché è stata uccisa. Tutto questo è destinato a complicare le nostre indagini.

Nell'ufficio non ci fu nessuna reazione particolare alle affermazioni di Patanè, tanto suonavano scontate.

- Abbiamo la registrazione della telefonata anonima ricevuta da Barbara? - domandò di nuovo Colangelo.

- Sì, ma non ha lasciato nessun messaggio, quindi l'elemento vocale non è utilizzabile in alcun modo.

- Da dove possiamo partire, allora? - chiese Patanè.

La domanda somigliava al lancio di un boomerang.

- Non ti manca certo la fantasia - rispose Casone - e neppure lo spirito di iniziativa. Tu cosa proponi?

I colleghi sapevano che Patanè era smanioso di emergere. Da centralinista era stato promosso agente scelto e, da quando era diventato padre per la seconda volta, ambiva a salire di grado.

Da una parte il vicecommissario e l'ispettore lo ammiravano per la sua voglia di primeggiare ma, dall'altra, lo guardavano con una certa insofferenza. In tutti i modi, non si sorpresero più di tanto per il fatto che, ancora una volta, il commissario si rivolgesse per primo a lui.

- La donna non era una tossicodipendente e neppure una prostituta - precisò Casone -, in caso contrario il suo nome figurerebbe nel nostro archivio. Quindi, o svolgeva la sua attività altrove, oppure si è trattato di un delitto passionale.

- Io propendo per la seconda ipotesi - affermò Patanè.

Voglino, che prima lo aveva seguito nei suoi passaggi logici, a completamento del discorso disse:

- Ci sarebbe una terza ipotesi.

- Quale?

- Potrebbe trattarsi di una ladra sorpresa a rubare e strangolata. Poi, per depistare le indagini - come hai detto tu - l'assassino ne avrebbe nascosto il corpo nel bosco.

- Il cadavere però era seminudo.

- L'avrà spogliata per confondere le idee e, stando al tuo ragionamento, far passare l'omicidio per un delitto passionale.

- Siete in tre e ognuno di voi, a questo punto, può seguire una propria pista - concluse Casone -. Tu, Michelangelo, occupati del delitto passionale. Invece tu, Felice, indaga sul mondo della prostituzione e infine tu, Marcello, sui furti avvenuti negli ultimi tempi.

Due

Mandelli, alle diciassette in punto, uscì di casa per la sua seconda passeggiata. Attraversò il ponte che scavalcava il fiume e, proseguendo lungo la riva, giunse sul lato sud del paese dove c'erano principalmente ville immerse nel verde.

Fu accolto dall'abbaiare dei cani che si passavano, come un'eco, l'atavico istinto di segnalare l'avvicinarsi di ogni bipede in movimento. Non aveva mai posseduto un cane né sentiva il bisogno di averne uno, ma capiva chi, per proteggere la propria abitazione - o più semplicemente per avere una compagnia - non poteva farne a meno.

Ciò nonostante, non riusciva a frenare un moto di stizza ogni volta che era accolto dall'abbaiare insistente dei cani al suo passaggio. Lo avvertiva come un insulto alle sue orecchie. Da qui la scelta di evitare quella zona per immergersi nel verde del bosco, anche se non era infrequente incontrarvi cani tenuti al guinzaglio, soprattutto da parte di signore e signorine sole.

La mente corse subito alla donna morta che - pensò -, se avesse avuto con sé un pastore tedesco, forse avrebbe evitato di fare quell'orribile fine.

Ogni tanto, camminando, si guardava intorno augurandosi di non imbattersi in persone conosciute. Invece, svoltato l'angolo, ecco venirgli incontro un ex alunno che non vedeva da anni.

- Buon pomeriggio, professore, ha sentito la brutta notizia? - chiese.

Mandelli, che non ricordava più il suo nome, non rispose.

- In paese non si parla d'altro - insistette.

- Mi devi perdonare - si scusò, deviando il discorso -, ma non mi viene in mente come ti chiami. Sto perdendo la memoria...

- Non si tratta di memoria, professore, è che nel frattempo mi sono venute le tempie grigie e il vento ha fatto scempio dei miei capelli.

Bastò quest'ultima frase perché in un lampo gli tornasse in mente il suo nome.

- Sei Mariano Galli! - esclamò - Come ho fatto a non riconoscere uno dei miei migliori allievi, a cui assegnavo sempre otto nei temi? Eh...la vecchiaia fa brutti scherzi!

- Ma lei gli anni li porta bene, professore, sembra un ragazzino!

- Se fossimo a scuola ti metterei una nota - scherzò -. Cosa fai nella vita?

- Ho conseguito il diploma di geometra e, nel tempo libero, mi dedico alla scrittura.

- Perché non ti laurei in lettere?

- La professione di geometra mi consente di guadagnare abbastanza bene e poi - lungi da me l'idea di paragonarmi a lui - Salvatore Quasimodo non era forse un geometra?

- Sì, ma che io sappia non ha mai esercitato.

- Io, invece, esercito e, nello stesso tempo, mi esercito a scrivere di tutto: romanzi, poesie, gialli, racconti, fiabe.

- Perché non mi fai leggere qualcosa di tuo? Puoi inviarmelo all'indirizzo erman48@gmail.com .

- Volentieri - rispose Galli, mentre salvava l'indirizzo sul suo cellulare -, deve promettermi però di non assegnarmi voti.

- Promesso.

- Allora, proprio non ha sentito parlare del cadavere di una donna abbandonata nel bosco?
Niente da fare, per quanto cercasse di allontanare il discorso, l'argomento sembrava ineludibile.
- No - rispose secco.
- Domani ne parleranno i giornali e la televisione.
- Vuol dire che comprerò i giornali e accenderò il televisore per tenermi informato.
Mandelli gli strinse la mano e si allontanò a passo spedito. Giunto nel cuore del paese - con edifici a due o tre piani risalenti agli anni '50 del secolo scorso -, decise di entrare in un bar e andò a sedersi a un tavolo d'angolo.
In attesa che gli servissero il tè con i biscotti, lasciò spaziare lo sguardo fuori dalla finestra. Il parco comunale era pieno di bambini che correvano, si rotolavano sull'erba, entravano e uscivano allegri da variopinti tunnel di plastica.
In quel momento avrebbe voluto essere uno di loro o, almeno, uno dei nonni che spingevano i nipotini sull'altalena. Invece era lì, fermo e corrucciato con i suoi pensieri. Temeva di portare scritto sulla fronte che aveva scoperto il cadavere e telefonato alla polizia.
Aveva preso la precauzione di camuffare la propria voce ma, con tutte le diavolerie della tecnica moderna, pensava che prima o poi sarebbero risaliti fino a lui. Lui che, ai due comandamenti "non desiderare la roba degli altri e "non desiderare la donna degli altri", ne avrebbe aggiunto volentieri un terzo: "non rompere le scatole degli altri".
A cominciare dalle sue, innanzitutto.
Stava perdendosi con la mente dietro questi fatui pensieri, quando entrò Marino, un uomo di mezza età con la camicia sporca, i capelli arruffati e la barba lunga.
- Che novità ci porti oggi? - chiese con aria scanzonata il proprietario Nico.

Marino aveva l'aspetto del perditempo che entrava e usciva dai bar nella speranza che qualcuno gli pagasse un caffè o una bevanda in cambio delle ultime notizie del paese, vere o presunte che fossero.
- Hanno arrestato l'Erminio - annunciò
- Hanno arrestato l'Erminio? - chiese, incredulo, il proprietario.
- Sì, ha strangolato una donna e poi l'ha nascosta nel bosco.
- Questa volta l'hai sparata grossa!
- Se è vera, mi offri una birra?
- Anche un toast - disse Nico che poi si rivolse ai presenti:
- Qualcuno di voi ha sentito la notizia? Lei, Professore?
Mandelli si lasciò andare contro lo schienale della sedia e gli lanciò uno sguardo storto.
- Io no - rispose -, ma un mio ex alunno sì e mi ha rivolto la stessa domanda. Ora, le tocca offrire la birra e il toast al signore.
Nico accolse la parola 'signore' con un sorriso ironico. Marino invece si fregò le mani e si avvicinò subito al banco.
Dunque, pensò Mandelli, la notizia circola già in paese. Erminio, l'arrestato, era per lui un perfetto sconosciuto, ma si guardò bene dal chiedere informazioni sull'uomo finito in carcere, ammesso che si trattasse di una notizia vera. Si alzò dal suo angolo e salutò i presenti. Marino non si girò per rispondere e continuò a mangiare soddisfatto il suo toast.
Fuori, nel parco, c'erano ancora alcune mamme con i bambini. Il professore tirò dritto, ma l'ombra della donna sembrava seguirlo, tanto che si girò per guardarsi alle spalle.
Per terra, nera e obliqua, si allungava un'ombra dal profilo maschile.

Tre

Patanè conosceva bene il territorio della provincia e sapeva che, spesso, dietro la maschera del perbenismo della gente può celarsi un verminaio di odi antichi, di sorde rivalità e di tresche amorose. Non era necessario essere un sociologo, o un prete che ascolta nel confessionale le storie pruriginose della gente, per capire tutto questo. Bastava fiutare l'aria.

L'anno prima, ad esempio, una storia di corna - di cui avevano parlato a lungo i giornali e la televisione - era finita in tragedia, con l'amante ucciso insieme alla moglie fedifraga.

Della proprietaria di una gioielleria si vociferava che avesse più corna lei di un cesto di lumache. Della moglie di un noto professionista che fosse lesbica e se la intendesse con una studentessa universitaria in veste di baby- sitter.

In via non del tutto ipotetica, quindi, il mistero irrisolto della donna del bosco si poteva inquadrare in questa cornice piena di contraddizioni e di zone d'ombra.

Decise di muoversi partendo dalle origini della donna che, stando ai soli tratti somatici del volto, non era possibile stabilire se fosse italiana o straniera.

Come mai nessuno si era presentato per riconoscere il cadavere? Per il timore che, una volta scoperchiata la pentola, venissero fuori i miasmi di una vicenda che sarebbe stato più opportuno tenere nascosta sul fondo? Perché i parenti vivevano lontano, oppure non volevano avere nulla a che fare con lei? Tutti interrogativi a cui, in un modo o nell'altro, occorreva dare una risposta. Un uomo schivo e a suo modo scorbutico come Mandelli non fu inserito nello schema interrogativo, all'interno del quale intendeva muoversi l'agente Patanè. Tanto meno l'ex professore intendeva offrirgli un qualsiasi appiglio che potesse interferire con la sua vita millimetricamente pianificata.

Se un errore si rammaricava di avere commesso in gioventù era di essersi talvolta allontanato dai binari della normalità, come un treno che deragli in curva. Ma, si sa, quella è l'età in cui i giovani si ribellano e mordono il freno, come cavalli a cui si vuole imporre la mordacchia.

Lasciò trascorrere qualche giorno nella speranza che, dopo il primo inevitabile clamore, all'episodio di cronaca nera sarebbe stata messa la sordina. Quando gli parve giunto il momento, si esaminò allo specchio e uscì avviandosi su per la salita, per poi scendere sul sentiero che serpeggiava lungo la riva.

Fece sosta in una pasticceria per un caffè e lì incontrò Patanè che in una mano reggeva una brioche ai cereali e nell'altra un cappuccino gonfio di schiuma.

- Buongiorno, professore, posso offrirle un caffè? - chiese, depositando la tazza sul bancone e passandosi velocemente la destra sulla divisa per liberarla dalle briciole.

Mandelli, che gliele avrebbe cacciate volentieri in gola, non poté fare a meno di accettare, essendo la prima volta che un agente di polizia offriva, anziché farsi offrire, da bere.

- Grazie - rispose, temendo tuttavia che la gentilezza non fosse del tutto disinteressata.

Infatti, poco dopo, si sentì chiedere:

- Professore, lei che idea si è fatta dell'omicidio?

Non potendo fingere di non sapere, come nell'incontro con l'ex alunno, fece riferimento a un istintivo fastidio verso tutto ciò che è connesso al tema della morte che fa sentire sempre più da vicino il suo alito pestilenziale sul collo degli anziani.

- Tutti abbiamo paura della morte, a qualunque età - replicò Patanè -. Mio padre però, quando era molto avanti negli anni, diceva di aspettarla come una liberazione.

- Nonostante sia vecchio, la morte mi fa ribrezzo e, di riflesso, evito di leggere la cronaca nera e gli annunci funebri che mi mettono addosso una grande tristezza.

- So invece che qualcuno se ne rallegra.

- Nessuno è perfetto.

Patanè era desideroso di continuare il discorso, ma Mandelli si mostrò di diverso avviso.

- Mi deve scusare - disse -, ma vado di fretta. Grazie del caffè e a buon rendere.

Gli strinse la mano e uscì.

Nell'aria c'era un sentore di primavera, gli alberi capitozzati si stavano rivestendo di foglie nuove e il verde era tutto un fremito di ali e di richiami canori,

Poco dopo, avvertì alle sue spalle un lontano rumore di passi. Temendo che lo stesse seguendo il poliziotto, si girò. Era invece una giovane donna che avanzava reggendo in una mano la borsa della spesa e nell'altra un cane al guinzaglio.

La riconobbe e si fermò per salutarla.

- Come sta, professore? - chiese lei, poggiando per terra la borsa.

Il cane cominciò a scodinzolare e a girargli intorno, annusando il risvolto dei pantaloni.

Mandelli si chinò per accarezzare il manto marrone, chiazzato di bianco, di un bell'esemplare di Beagle.

- Non si separa mai dal suo cane?

- Mi fa compagnia, specie quando entro nel bosco. A proposito, come mai non ci siamo più incontrati in questi ultimi giorni?
Poiché esitava a rispondere, prelevò dalla borsa a tracolla un sacchetto di plastica trasparente.
- Guardi - disse - cosa ha trovato il mio cane, raspando tra i cespugli.
Non estrasse il contenuto per non lasciare le sue impronte su un paio di mutandine sporche di terra.
- Quando le ha trovate?
- Ieri sera. Tornata a casa, ho infilato i guanti usa e getta e ho dato un'occhiata all'etichetta "Made in Romania, Incom-Vranco" e ho subito pensato alla donna strangolata. Lei che dice, professore?
- Che farebbe bene a recarsi in commissariato - rispose, cercando di mostrare indifferenza.
Fecero un tratto di sentiero insieme, poi si divisero e ognuno proseguì per la sua strada. Non erano ancora le dieci del mattino quando la donna arrivò in commissariato. Indossava una gonna leggera e una giacca grigio chiaro che le dava un'aria da adolescente. Subito all'ingresso incontrò la scritta "Ufficio informazioni" e, dietro i vetri, un giovane poliziotto dall'aria annoiata che, vedendola, d'un tratto parve risvegliarsi.
- Desidera? - domandò, squadrandola.
Dopo avere spiegato dove e cosa aveva trovato, chiese a chi dovesse rivolgersi.
- Salga al primo piano, terza stanza a sinistra. Prima però, signorina, mi deve consegnare un documento.
Mentre la donna saliva, dette un'occhiata: Anna Marelli nata a Cantù, anni ventotto, impiegata, nubile. Trascrisse nome, cognome, indirizzo e richiuse la carta di identità.
Sulla targhetta della porta, Anna lesse "Michelangelo Patanè, agente scelto". Premette il pulsante.

Non rispose nessuno, ma poco dopo, nel vano della porta, apparve un uomo sulla quarantina.

- Sto uscendo - si scusò -, se non si tratta di cosa urgente la prego di prendere appuntamento e di tornare un altro giorno.

Lei non fece in tempo ad accennare al motivo della sua visita che a Patanè si illuminarono gli occhi.

- Prego, si accomodi - rispose e richiuse la porta.

Quando la signorina Marelli uscì, si erano già fatte le undici. All'interno dell'ufficio informazioni ritrovò il poliziotto che, restituendole la carta di identità, le puntò addosso lo sguardo da cui si sentì trafiggere fin quando non uscì in strada.

Scacciò il pensiero e affrettò il passo.

Per coprire la distanza che la separava da casa le occorreva una buona mezz'ora, e non aveva ancora cucinato per sé e per la madre anziana. Alle quattordici e trenta doveva riprendere servizio nell'ufficio di una piccola azienda tessile, presso la quale lavorava part-time. Ciò le consentiva di destreggiarsi tra l'assistenza alla madre, il lavoro e le passeggiate nel bosco.

Era single da quando, un anno prima, era stata lasciata dal fidanzato ragioniere presso la banca dove aveva depositato i propri risparmi e quelli di sua madre.

Questa condizione la rendeva più affascinante e oggetto di desiderio. L'ultima prova, lo sguardo concupito del poliziotto.

Quattro

Non era la prima volta che l'ispettore Colangelo si occupava del fenomeno della prostituzione, presente, sia pure in maniera non allarmante, sul territorio di competenza del commissariato. Un mese prima aveva arrestato due prostitute straniere che, per difendere il proprio spazio, prima si erano azzuffate e poi avevano estratto i coltelli.
Minacciate di essere espulse dall'Italia, alla fine si erano convinte a rivelare il nome di una coppia di sfruttatori che ben presto furono rintracciati e spediti in carcere.
Si trattava di un italiano di cinquant'anni, di nome Ture, e della sua compagna di trenta, un'ex prostituta rumena molto bella, che aveva il compito di reclutare le ragazze e di tenere la contabilità. Il suo nome era Gerda, ma le lucciole, quando erano certe di non essere ascoltate, la chiamavano con la rima che tanta ilarità suscita nei bambini.
Ture, che mal tollerava gli ammiccamenti, e gli sguardi cupidi degli uomini, minacciava di morte chiunque osasse fare delle avances nei confronti della sua donna.
Il rumeno Andrei Antonescu, ignaro della gelosia dell'italiano, un giorno l'abbordò facendole delle proposte oscene. La mattina dopo, una spedizione punitiva organizzata da Ture pose fine alle sue esuberanze pruriginose.

Gerda, per quanto sottoposta a interrogatori lunghi ed estenuanti, continuava a ripetere, come in una nenia, di non conoscere il nome della donna uccisa né quello del suo assassino. Alla fine, l'ispettore fu preso dal dubbio che non dicesse la verità per paura di essere uccisa nel caso si fosse lasciata sfuggire quel nome. Nel carcere, Ture tentò di imporre la sua volontà sui compagni di cella, uno dei quali, Gerlando - pure lui arrestato per sfruttamento della prostituzione, e poco incline a farsi sottomettere - gli fece rapidamente cambiare idea afferrandolo per le palle e minacciando, tra gli applausi degli altri detenuti, di fargliele ingoiare.

Dopo di quell'episodio aveva abbassato la cresta ma, ciò nonostante, durante l'interrogatorio non fu possibile cavargli di bocca nessuna delle informazioni che l'ispettore si attendeva da lui. Forse, neanche Ture conosceva la donna strangolata o, come Gerda, aveva paura di peggiorare la propria situazione.

Casone aveva affidato a Voglino l'incarico di occuparsi dei topi di appartamento, perché il vicecommissario conosceva meglio di chiunque altro metodi e modi di agire dei ladri che ultimamente imperversavano in tutto il territorio. Il fenomeno dei furti era diventato così diffuso da rappresentare un vero e proprio incubo, soprattutto per i possessori di ville e di appartamenti di lusso. Da soli o riuniti in piccole bande - formate sia da italiani che da stranieri -, alcuni professionisti dello scasso studiavano le abitudini dei proprietari da rapinare e poi, avvalendosi dei più sofisticati dispositivi Android di geolocalizzazione, riuscivano a mettere a segno i loro colpi, agendo il più delle volte indisturbati.

Voglino monitorava da tempo il fenomeno e, cercando di combatterli sul loro stesso territorio - con lo strumento cioè della geolocalizzazione - in alcuni casi era riuscito a intervenire tempestivamente e ad arrestare i malviventi.

La cronaca recente non aveva fatto registrare episodi di colluttazione o di reazione armata dei gioiellieri, salvo in un caso. Il titolare della gioielleria M&G che in gioventù aveva praticato le arti marziali, durante un tentativo di furto nel suo negozio in pochi secondi aveva immobilizzato il rapinatore, strappandogli la pistola dalle mani. Poi, gli aveva stretto un braccio intorno al collo e, in quella posizione, aveva atteso l'arrivo della polizia.

Neppure lontanamente un tale fatto di cronaca poteva essere assimilato a un malriuscito tentativo di rapina, culminato con lo strangolamento della donna. Il rapinatore, in ogni caso, fu interrogato e, al termine, gli fu prelevato un campione di saliva per l'analisi del DNA.

Messo a confronto con le impronte presenti sulle mutandine rinvenute nel bosco, dette un risultato negativo.

In un monolocale al piano terra di un condominio popolare viveva Simone Bernardi, un quarantenne che aveva fama di essere un tipo stravagante. Per vivere, in passato si era adattato a svolgere qualunque attività che non richiedesse una specializzazione. Provvedeva a svuotare i solai e le cantine, puliva i marciapiedi davanti ai negozi, vangava e strappava le erbacce dagli orti e soprattutto, nei giorni di mercato, si recava a fare la spesa per le donne anziane e sole del paese.

Un giorno, dopo avere posato per terra due pesanti borse colme di frutta e verdura, suonò il campanello.

Ad aprirgli non si presentò, come le altre volte, un'anziana signora, ma sua nipote che era passata per salutare la nonna. Indossava una vestaglia leggera che, in controluce, lasciava intravedere le forme attraenti della ragazza.

Bernardi, vuoi per il caldo vuoi per la lunga astinenza, le saltò addosso e tentò di violentarla. Alle urla della nipote accorse la nonna, zoppicando e agitando minacciosamente il suo bastone. Bernardi glielo tolse di mano e la ricacciò in camera da letto che chiuse a chiave. La nipote ne approfittò per chiamare il 112, ma nulla poté contro la forza dell'uomo che sembrava un invasato. Prima di allora non aveva mai dato segni di violenza e la gente, pur ritenendolo un tipo strano, non aveva mai avuto motivo di lamentarsi di lui. In quel caso, invece, aveva perso il controllo e fu arrestato.

Scontata la pena, nessuno se la sentì di affidargli come un tempo i piccoli lavori, grazie ai quali riusciva ad avere un minimo di autonomia economica. Bernardi si ridusse così a vivere di carità e a mangiare alla mensa dei poveri.

Patanè si ricordò di lui e andò a fargli visita, avendo cura prima di lasciare in ufficio la sua divisa da poliziotto. Ciò nonostante, l'uomo, vedendolo, si allarmò.

- Non preoccuparti - cercò di rassicurarlo -, come puoi notare sono qui in veste non ufficiale per informarmi sul tuo stato di salute. Come stai?

Bernardi non rispose. Tutto, all'interno del monolocale, appariva in uno stato di abbandono e di sporcizia che rendeva l'aria irrespirabile. Patanè, dopo un po', avvertì l'urgente bisogno di uscire all'aperto.

- Posso offrirti un caffè al bar? - propose.

A Bernardi si illuminarono gli occhi.

Fuori, la strada era fiancheggiata da case di abitazione anonime, una uguale all'altra. Raggiunsero il ponte che sovrastava il fiume, lo attraversarono e poi fecero ancora un piccolo giro prima di intravedere l'insegna di un bar. Si sedettero a un tavolo all'aperto su cui c'erano un posacenere, un portatovaglioli e una ciotola colma di fiori di campo.

- Posso avere un cappuccio? - chiese Bernardi, appena si avvicinò il cameriere.
- Cappuccio e brioche per due - ordinò Patanè che, subito dopo, estrasse un pacchetto di sigarette.
- Grazie, non fumo - si schermì Bernardi.
Patanè si vide così sfumare la possibilità di impadronirsi del mozzicone per farlo esaminare dalla scientifica.
- Anche se siamo all'aperto, rispetto i non fumatori e non fumo neppure io - disse, e mise via il pacchetto.
Alla fine si recò alla cassa, esibì la tessera di riconoscimento, si fece avvolgere la tazza in un sacchetto di plastica e la infilò in tasca.

Cinque

Casone era impaziente di avere sulla scrivania dei risultati, non fosse altro per tappare la bocca al questore che, per telefono, si era di nuovo lamentato della lentezza con cui procedevano le indagini.

- Possibile che l'inchiesta non abbia fatto ancora nessun passo avanti? - gli aveva chiesto in tono di rimprovero - Bisogna darsi una mossa, commissario.

I tre collaboratori, subito convocati nel suo ufficio, furono presi da un principio di orticaria appena ascoltarono le parole riferite dal loro capo.

- Non disponendo di nessun indizio, non è facile ottenere dei risultati in breve tempo - reagì Voglino -. Inoltre, considerando il fatto che siamo costretti a procedere per esclusione, la reazione del questore a me sembra quanto meno ingenerosa.

- Sono dello stesso parere - intervenne Colangelo -. In ogni caso, se i primi tentativi sono andati a vuoto, ciò non significa che gli altri daranno lo stesso risultato.

- I colpi di fortuna sono rari nel nostro mestiere - disse sconfortato Patanè -. Il test del Dna sulla tazza non lascia dubbi sull'innocenza di Simone Bernardi e, quindi, sarò costretto a seguire un'altra pista.

Il commissario si mordicchiò il labbro inferiore per qualche secondo, poi concluse:
- Ragazzi, avete tutto il mio appoggio. Riprendete pure le vostre indagini.
Usciti i tre collaboratori, squillò il telefono. Era ancora lui, il questore. Casone sbuffò.
- Sì, signor questore - disse, cercando di controllare il tono della voce -, lei ha pienamente ragione. Tenga presente però che sono centinaia le immigrate e le prostitute provenienti dall'est che transitano dalle nostre parti, e quando spariscono il più delle volte succede che nessuno le venga a reclamare. Ho appena parlato con i miei collaboratori e le assicuro che stanno facendo del loro meglio. Come dice? Che devono agire con azioni più mirate? È quello che stanno facendo. Stia tranquillo, appena avrò notizie, la informerò tempestivamente.
Chiuse la conversazione e mandò a quel paese il questore e la sua visione poco elastica della realtà. Poi si alzò e uscì nel crepuscolo, sentendo il bisogno di muoversi per dare ordine ai suoi pensieri. Non era la prima volta che, attraversando a piedi la città, e osservando il comportamento delle persone, gli era balenata alla mente un'idea che poi si era rivelata quella giusta.

Mandelli non resistette alla voglia di immergersi di nuovo nell'intrico degli alberi, di ascoltare la sinfonia del vento e lo scricchiolio delle foglie secche sotto i piedi. Arrivato nel punto in cui era stato abbandonato il cadavere, chiudeva gli occhi per non guardare. Poi però aveva la sensazione che l'ombra della donna lo seguisse, pur sapendo che, girandosi, non avrebbe visto neppure la propria ombra, perché i raggi del sole non filtravano attraverso la fitta boscaglia.

Un mattino, vide venirgli incontro Anna Marelli in compagnia del suo inseparabile Beagle.

- Allora, com'è andata? - le domandò.

- L'agente che mi ha ricevuta è stato molto gentile.

- Le ha fatto sapere qualcosa?

- Finora no. In compenso il poliziotto dell'ufficio informazioni, presso il quale ho dovuto depositare la carta di identità, si è impossessato di tutti i miei dati ed è riuscito a rintracciarmi. Da allora, non mi dà più pace.

- Lo denunci per stolking.

- Chi, un poliziotto?

- Perché no?

- Il fatto è che è giovane e pure carino.

- In questo caso, ne approfitti.

- Non mi sento ancora pronta.

- La ringrazio di confidarsi con me.

- Lo farei volentieri con mia madre, ma è malata e preferisco non coinvolgerla nei miei problemi.

- Io mi sono sempre attenuto alla regola di affrontare direttamente le difficoltà della vita. Sono cresciuto senza genitori e le lezioni private me le sono date da solo.

- È questo il motivo per cui ama la solitudine?

- Credo di sì. La invito però a non seguire il mio esempio. L'apertura agli altri e l'amicizia sono valori importanti e, soprattutto adesso che sono vecchio, ne avverto la mancanza.

- Può sempre rimediare.

- Temo che sia troppo tardi.

- Con me vedo che non ha avuto difficoltà ad aprirsi, e a farmi le sue confidenze.

- La notizia della donna trovata morta qui nel bosco mi ha sconvolto. Non ho figli e non riesco neppure a immaginare cosa si possa provare di fronte a una figlia uccisa in un modo così barbaro.

Detto questo, Mandelli puntò lo sguardo oltre le spalle di Anna. Gli era sembrato di vedere qualcosa che si muoveva attraverso la cortina delle sterpaglie.
- Ha notato anche lei? - chiese.
- Che cosa?
- Qualcuno deve averci visto e poi si è allontanato.
Anna corrugò la fronte.
- Forse è una sua suggestione, causata dal discorso che stava facendo. Al massimo qui si possono incontrare ghiri, faine e scoiattoli che, al minimo rumore, si spaventano e scappano.
- L'ombra che ho visto era grande e sicuramente non si trattava di un piccolo animale - disse Mandelli leggermente risentito.
Decisero di allontanarsi, seguendo un sentiero serpeggiante che finiva di colpo in un campo aperto, coltivato a granoturco.
Le uniche ombre erano le loro, proiettate dal sole che sfolgorava alto nel cielo.

Un vero poliziotto, anche quando è in borghese, si porta sempre dietro la divisa. Il mestiere in un certo senso gli si appiccica addosso e talvolta gli si infila persino sotto la pelle.
Casone, quando non riusciva a risolvere il mistero di un crimine, si atteneva al principio di scuola secondo cui nessun delitto è mai perfetto. Ci deve essere un anello mancante, pensava continuando a camminare sulla via fiancheggiata da negozi sfavillanti di luce.
Perché - si chiese - qualcuno si arroga il potere di spegnere il sorriso di una giovane donna che ha il diritto di attraversare ancora in leggerezza la propria vita?
Era immerso in questi pensieri, quando vide la moglie ferma davanti a un negozio di abbigliamento.

- Francisca, hai già scelto? - le domandò, stampandole un bacio sulla guancia.

- Tu sei sempre impegnato e non hai mai tempo di uscire con me. Come mai sei a spasso a quest'ora?

- Non riuscivo a concentrarmi nel mio ufficio e ho sentito il bisogno di camminare tra la gente.

- Perché non mi hai invitata?

- Non volevo disturbarti…

- Hai sempre una scusa pronta, tu.

Sei

Il mistero che circondava la morte della donna non accennava a diminuire e Voglino, costretto a muoversi per sua stessa ammissione senza un preciso punto di riferimento, passò in rassegna i furti compiuti negli ultimi anni nelle case, nei negozi di abbigliamento e nelle farmacie.
Alla fine, la sua attenzione fu attratta dal rapimento di una bambina di dieci anni. Si chiamava Giulia Ricci ed era sparita dal parco dove si trovava con la baby-sitter, una studentessa universitaria di nome Manuela che si era intrattenuta a chiacchierare con una giovane e affascinante signora.
Dopo la scomparsa, la ragazza era stata licenziata e della bambina - come era già successo in altri casi rimasti insoluti - per molti anni non si era saputo più niente.
Si trattava quindi di dare un volto al rapitore e, possibilmente, un nome alla donna del bosco. Sofia, la madre della bambina, viveva separata dal marito che aveva intrecciato una relazione con una brasiliana. Dopo di che, si era allontanato dall'Italia e aveva fatto perdere le sue tracce.
Lei per molti anni aveva lottato con tutte le forze per ritrovare sua figlia, ma alla fine, distrutta dal dolore, la sua mente non aveva retto più e dovette essere ricoverarla presso la comunità terapeutica Villa Bianca.
L'archivio della questura disponeva di alcune foto risalenti all'epoca del rapimento. Il vicecommissario si recò nella

casa di cura e, con tutte le precauzioni del caso, le mostrò la foto della donna trovata nel bosco, opportunamente ritoccata per non aggiungere nuovo strazio ai suoi ricordi.

Voglino, quando vide la donna, fece fatica a riconoscere in lei la donna bella e giovane di un tempo. Aveva il volto segnato da profonde rughe e un principio di tremore alle mani.

Si sentì a disagio e stava per andarsene. Poi, il senso del dovere lo indusse a fermarsi, e portò a termine la visita.

Come aveva immaginato - e un po' temuto - Sofia si era ridotta a essere lo spettro di se stessa, e non fu in grado di riconoscere la donna della foto. Poi però, appena vide quella di sua figlia, si agitò e le sue mani presero a tremare così forte che fu necessario raccoglierla da terra. La donna piegò il capo da un lato, abbandonandosi a una litania straziante:

- Giulia...Giulia...

Voglino si avvicinò per salutarla, ma lei si curvò su se stessa e chiuse le palpebre. Il vicecommissario uscì da Villa Bianca con la consapevolezza di non avere ottenuto nessun risultato concreto se non, forse, che le due immagini, sovrapponendosi, avevano risvegliato in Sofia una lontana somiglianza con la figlia. Ne parlò con Casone.

- È solo un barlume per orientarci nella ricerca - concluse il commissario.

La foto di Giulia all'età di dieci anni, con l'applicazione web "face of the face" fu sottoposta al processo di invecchiamento e inviata alla televisione e ai giornali.

Le reazioni non si fecero attendere. Molti telefonarono, ma le indicazioni risultarono così generiche e vaghe da non poter essere prese in seria considerazione.

Patanè riprese le sue ricerche nel mondo della prostituzione, portando con sé la foto della donna del bosco. Per quanti giri, incontri e dialoghi intrattenesse con le più note lucciole che animavano il mondo della notte, gli sembrava di tornare sempre al punto di partenza. Quando ormai disperava di approdare a qualche risultato, fingendo di essere un cliente fece salire sulla sua macchina una prostituta conosciuta con il nome di Erika e, in cambio delle sue confidenze, le promise di pagarla il doppio. La donna, sulle prime, pensò di avere perso il suo appeale di trentenne bella e affascinante.

Poi, rendendosi conto che quell'insolito poliziotto più che a consumare un rapporto con lei era interessato a svolgere la sua indagine, si offrì di svelare ciò che sapeva.

Accennò, senza inutili piagnistei, alle ragioni che l'avevano indotta a svolgere quell'attività e parlò di un cliente che, a suo tempo, le aveva procurato un serio problema.

- Era un uomo violento che praticava il bondage estremo - raccontò - Essendomi rifiutata di farmi legare i polsi e le caviglie con le catene, in un impeto d'ira mi ha afferrata per la gola minacciando di strozzarmi se non avessi ceduto alle sue voglie. Per paura che volesse veramente soffocarmi, accettai a condizione che ricorresse a un bondage più leggero. Mi sono lasciata legare con le corde di canapa e lui alla fine mi ha abbandonata senza che io potessi in alcun modo slegarmi. Per fortuna una mia amica, non vedendomi arrivare, prima ha provato a cercarmi sul cellulare e poi, visto che non rispondevo, mi ha raggiunta a casa. Forzando la serratura, è riuscita ad entrare e a liberarmi.

- Naturalmente, non lo ha denunciato - disse Patanè.

- In che modo avrei potuto denunciarlo? Nessun cliente rivela la sua identità o, al massimo, fornisce un nome di fantasia.

- Si è fatto più rivedere?

- No.

- Saprebbe descriverlo per realizzare il suo identikit?

- Questo sì, non riesco più a dimenticarlo.
- Bene, l'aspetto in commissariato.
- Così, appena arrivo, mi mettete le manette.
- Non ho nulla in contrario a farle scegliere il luogo dove desidera incontrare il nostro tecnico.
- In un bar.
Patanè mise mano al portafoglio, ma la donna rifiutò di essere pagata, a meno che…
L'invito, come aveva immaginato, rimase sospeso a mezz'aria.

Sette

Il dubbio che Gerda non avesse rivelato i nomi della donna uccisa e del suo aguzzino per paura di essere eliminata a sua volta, si era intrufolato come un ladro notturno nella mente di Colangelo. L'ispettore decise di torchiare di nuovo il compagno della donna e, senza troppi preamboli, minacciò di rispedirlo nella cella dove - paventando di essere privato degli attributi - era spesso costretto ad assumere la posizione dei giocatori prima del calcio di punizione nei pressi dell'area di rigore.
- A lei la scelta - gli disse, secco.
La prospettiva di diventare eunuco gli procurò un tale spavento che ansimò il primo nome che gli venne in mente.
- Non corrisponde al nome detto da Gerda!- reagì, mentendo, l'ispettore.
Seguì un momento di silenzio imbarazzato, al termine del quale Ture si buttò in ginocchio.
- È stata la paura a farmi uscire di bocca un nome qualunque - singhiozzò -. Io non ho mai conosciuto quella donna.
- La smetta di recitare! - urlò Colangelo.
Poi, rivolto al poliziotto presente all'interrogatorio, gli ordinò di portarlo a fare compagnia a Gerlando.
Ture, perdendo ogni residuo di dignità, si curvò fino a terra e gli strinse le caviglie.

Patanè arrivò puntuale accompagnato dal disegnatore della scientifica, un uomo sulla cinquantina magro e dalla folta capigliatura grigia. Aveva le dita lunghe e sottili che facevano pensare a un musicista abituato a cesellare le note del pentagramma. Poco dopo, sopra un foglio bianco steso sul tavolo del bar, presero vita - per veloci linee curve e rapide ombreggiature - gli occhi, le sopracciglia, il naso, la bocca, i capelli e infine la forma finale del viso di un uomo.

Il tutto, opportunamente rielaborato al computer, assunse poi la vivacità e l'aspetto di una vera e propria fotografia, suscitando lo stupore della donna che non riuscì a trattenere il suo entusiasmo e si lanciò in un caldo abbraccio.

- È lui! - esclamò.

Bevvero insieme un caffè e uscirono.

Bastò una breve ricerca nell'archivio del commissariato per passare dall'identikit all'identità dell'uomo. Si trattava di Andrei Antonescu che, a bordo della sua Kia Sorento, non si era fermato a un blocco di polizia. Raggiunto dopo un rocambolesco inseguimento, gli era stato trovato un tasso alcolemico pari a 1,5 g/litro. Risultato: ammenda di 3.200 euro, sospensione della patente per un anno e sei mesi di carcere.

Scontata la pena, aveva ripreso a frequentare le belle di notte che montavano volentieri sulla sua macchina di lusso, salvo poi pentirsene amaramente.

Patanè lo aspettò al varco come un coccodrillo che, acquattato nella palude, attende pazientemente la sua preda.

I primi tentativi andarono a vuoto, perché il rumeno aveva l'accortezza di cambiare continuamente alloggio ed evitava di farsi calamitare due volte dalle stesse lucciole.

Una sera, la Kia si perse nell'intrigo di strade secondarie per ricomparire in una zona dove pensava che la fama non lo avesse ancora preceduto. Aprì la portiera e fece salire a bordo una ragazza pettoruta che, roteando una borsetta, continuava a passeggiare avanti e indietro. In quello stesso momento partì una telefonata. Grazie al localizzatore GPS, gli spostamenti della macchina furono monitorati minuto per minuto finché, al termine di una curva a gomito affrontata a grande velocità, la macchina andò a inchiodarsi davanti a una villa.

I freni stridettero.

Poco dopo, a luci spente, giunsero due volanti della polizia. La lucciola, scesa dalla macchina, si avviò con passo esitante verso il cancello. Stava per voltarsi indietro, quando sentì una mano posarsi sul fondo schiena e spingerla all'interno.

- Non fare la verginella! - le sibilò in un orecchio.

All'improvviso, quattro fari bucarono l'oscurità e otto canne mandarono bagliori sotto i riflessi della luna.

- Lascia andare la donna e alza le mani! - ordinò la voce di Patanè nel megafono.

Per tutta risposta, Antonescu estrasse la pistola e minacciò di farle esplodere il cervello.

- Non fare sciocchezze, non hai vie di scampo.

- Non ho fatto niente!

- Se non hai fatto niente, non hai nulla da temere. Butta in terra la pistola.

Per tutta risposta, il rumeno sollevò il braccio e sparò un colpo in aria. Uno dei poliziotti, tiratore scelto, ne approfittò per fargliela saltare di mano. Un urlo di dolore echeggiò nel buio, mentre macchie di sangue rigavano il volto di Antonescu costretto ad allentare la presa. La ragazza ne approfittò per divincolarsi e correre incontro ai poliziotti.

- Ci si rivede! - esclamò Casone.
- Di cosa sono accusato? - chiese il rumeno a muso duro -
Io non ho fatto niente.
- Lo so, dite tutti così.
- È la verità, non ho fatto niente.
A quel punto, Casone si mise a contare: resistenza a pub-
blico ufficiale, sequestro di persona, porto abusivo di
armi, sfruttamento della prostituzione…
- Portare a letto una prostituta non è un reato - reagì.
- Lo so, ma a me risulta che tu vivi come un pascià senza
avere una fonte di reddito. Da dove proviene la tua ric-
chezza?
Antonescu rimase in silenzio e chiuse gli occhi.
- Allora? - lo incalzò Casone.
Stava per rispondere "E lei, pezzo di merda, come ha fatto
a diventare commissario?", ma si morse la lingua.
- Sono figlio di papà - mentì.
Casone perse il controllo.
- Vuoi prendermi per il culo? Tu non sei altro che un vol-
gare pappone venuto dalla Romania per arricchirti illecita-
mente.
- Lei non ha nessuna prova contro di me.
- Ce n'è abbastanza per farti marcire in prigione.
Il commissario, a questo punto, ritenne giunto il momento
di sferrare l'affondo, attribuendo un nome di fantasia alla
donna che ancora non ne aveva uno.
- Resterai in prigione per il resto dei tuoi giorni non per i
reati che ti ho elencato prima, ma perché sei stato tu a uccidere e poi ad abbandonare nel bosco Adia, rumena come
le altre ragazze che sfrutti con il tuo sporco lavoro.
Gli occhi di Antonescu divennero di brace.

Otto

Mandelli, tornato a casa, si osservò riflesso nello specchio. I capelli ondulati e corvini di un tempo erano ormai un lontano ricordo della giovinezza, rughe profonde attraversavano la fronte e le guance, e la pelle, non più soda, cadeva pendula sotto il mento. Per fortuna, però, la vista non gli faceva difetto.

Quando aveva notato un'ombra che si allontanava dietro una cortina di verde era certo di non avere avuto le traveggole. Chi poteva avere interesse a seguire un uomo anziano nel bosco? L'assassino no, perché aveva tenuto la bocca sigillata come una tomba egizia. Un ex alunno desideroso di mettere in atto una tardiva vendetta per qualche torto subito, vero o presunto che fosse? Se lo aveva fatto, non ne aveva avuto coscienza o lo aveva relegato nel buio della memoria.

Restava il giovane poliziotto, segretamente innamorato della bella canturina Anna Marelli.

Tirò un sospiro di sollievo e lo specchio accolse di nuovo il riflesso inerte delle mattonelle in pasta bianca e rosa del bagno.

Aveva ormai memorizzato i giorni in cui poteva trasformare le sue solitarie passeggiate in proficui incontri di due solitudini. Con la certezza di rivederla il pomeriggio del giorno seguente, Mandelli si dedicò all'irrinunciabile rito del pranzo allo scoccare del dodicesimo rintocco del campanile.

Ture, abbarbicato alle caviglie di Colangelo, non aveva ancora smesso di supplicarlo:
- No, in cella con Gerlando no!
- Allora, confessa.
L'uomo sollevò la testa e fece correre lo sguardo lungo le gambe dell'ispettore che gli parve più alto e imponente.
- Gliel'ho già detto che non conosco quella donna.
- Toglimelo dai piedi! - ordinò al poliziotto.
Ture si lasciò prendere per le braccia e sollevare. Il tempo di mettersi in posizione meno indecorosa davanti a Colangelo, qualcuno bussò alla porta.
- Ispettore - annunciò l'agente Barbara -, è successo un fatto grave. Gerda è stata trovata morta.
Ture vacillò sulle gambe e cadde di nuovo in ginocchio.
- Occupati di lui - disse al poliziotto, e si diresse alla porta. Una volta in corridoio, Colangelo chiese a Barbara qualche dettaglio.
- Pare si sia impiccata.
- Questo non ci voleva.
- Oppure - insinuò l'agente - potrebbe essere stata impiccata.
- È presto per dirlo, dobbiamo aspettare i risultati dell'autopsia.

Nulla, in un'indagine poliziesca, può rivelarsi più utile, e allo stesso tempo più evanescente, di un nome. Voglino era uscito da Villa Bianca a mani vuote ma, nella sua testa, era rimasto impresso il nome della figlia Giulia.
Di lei sapeva poco altro: il cognome Ricci, ereditato dal padre, e il nome della madre, Sofia, che sembrava avere perso ogni contatto con la realtà. Si trattava ora di mettere

insieme le poche tessere a disposizione, per cercare di ricostruire il mosaico di una vicenda che poteva correre parallela a quella della donna del bosco, e persino intrecciarsi con essa.

Dopo averne parlato con Casone, lasciò che Colangelo e Patanè proseguissero le ricerche della sconosciuta, per concentrarsi sul rapimento di Giulia. Quando si era curvato per salutare la signora Sofia, intendeva dirglielo che non avrebbe dimenticato la sua tragedia, ma lei si era ripiegata su se stessa.

L'atteggiamento della donna stava a indicare la riluttanza ad affrontare nuove delusioni e la sua chiusura verso il mondo esterno. Lasciando la villa, il vicecommissario aveva giurato a se stesso che non avrebbe avuto pace fino a quando non fosse riuscito a dare una risposta allo sconforto della donna, chiusa nella sua corazza di follia e di solitudine.

Innanzitutto cercò di rintracciare Manuela, la baby-sitter. Anche in questo caso, si trattava di dare un volto e un cognome a una studentessa che nel frattempo doveva essersi già laureata, o trovarsi in dirittura di arrivo.

In segreteria gli fecero notare che era come cercare un insetto in un granaio. Si fece consegnare l'elenco di tutte le iscritte dell'epoca con il nome Manuela. Come c'era da aspettarsi, ne vennero fuori a decine.

Con l'ausilio del computer, le passò in rassegna una per una fin quando gli parve di imbattersi in quella giusta.

Si chiamava Manuela Bianchi, aveva ventitré anni ed era iscritta all'ultimo anno di lettere e filosofia.

Dopo la brutta esperienza, la ragazza si era rifiutata di continuare a fare la baby-sitter e, per contribuire a mantenersi agli studi - i suoi genitori erano due modesti impiegati delle poste - si era rassegnata a dare lezioni private, impegno che considerava alla stregua di una tortura.

Aveva l'incarnato chiaro e gli occhi nocciola che conferivano alla sua figura un che di immaturo, come se l'adolescenza si fosse rifiutata di superare quell'interminabile soglia.

Temendo di finire in un ginepraio, in cui poi le sarebbe stato difficile districarsi, si presentò in commissariato accompagnata da sua madre che, per l'occasione, aveva chiesto un giorno di permesso dal lavoro. Le due donne si presentarono insieme nell'ufficio del vicecommissario.

- Mi dispiace, signora - disse Voglino con voce garbata ma ferma -, ma devo invitarla a restare fuori.

Chiusa la porta, Manuela si trovò faccia a faccia con l'uomo che, diversamente da come se l'era immaginato, non aveva l'aspetto burbero dell'ufficiale di polizia. Anzi, sembrava piuttosto bonario, e questo la tranquillizzò.

- Signorina Bianchi, lei sa, e se non lo sa glielo dico io, che la madre di Giulia è ricoverata in una casa di cura mentale - esordì Voglino -. Per guarirla c'è un solo modo: catturare il rapitore e ritrovare sana e salva la figlia. L'ho convocata per farmi raccontare tutto quello che sa.

- Se la signora Sofia è uscita sconvolta da questa storia, sappia che anche per me ha rappresentato, e rappresenta tuttora, un incubo. Spesso, di notte, mi sveglio di soprassalto con la sensazione di udire il tintinnio delle manette che si avvicinano minacciose al mio letto. Quando mi ha convocata, ho avuto l'impressione di passare direttamente dal sogno alla realtà. Per questo mi sono fatta accompagnare da mia madre.

Il vicecommissario incrociò il suo sguardo e vi lesse la disperazione che ancora affliggeva la ragazza per il rapimento di cui si sentiva indirettamente responsabile.

- Mi racconti tutto quello che le viene in mente. I dettagli che in un primo momento sfuggono, o possono sembrare del tutto irrilevanti, poi, ripensandoci, possono dimostrarsi

preziosi. Non ha visto nessuno che si facesse notare per l'originalità dell'abbigliamento, per i tatuaggi, i piercing, il colore insolito dei capelli, per le dita piene di anelli?
- Chi rapisce una bambina deve necessariamente avere un aspetto stravagante?
- Ho fatto solo degli esempi. Quando cammino per strada i miei occhi vengono sempre attratti - anche involontariamente - dai particolari che le ho elencato.
- Sinceramente non ricordo di essermi soffermata a cogliere questo o quel dettaglio. Però, ora che ci penso, ho visto un tizio che girava reggendo in mano una bambola molto bella. Il primo pensiero che mi è venuto in mente è che si trattasse del giocattolo della figlia intenta a giocare con gli altri bambini.
- Sarebbe in grado di descriverlo?
- Vagamente. Ricordo solo che l'uomo era giovane e aveva un barbone nero che gli ricopriva la faccia. La testa invece era completamente calva.
- Un musulmano? Era di pelle bianca o scura?
- Aveva la carnagione chiara.

Nove

Antonescu, dopo avere osservato la fotografia della donna, con una smorfia la restituì al commissario negando di averla mai vista in vita sua.
- Bene - concluse Casone.
Armeggiò fra i documenti sparsi sopra la scrivania, poi estrasse da un cassetto una busta trasparente di cellophane.
- Queste sono state trovate nel bosco. Ti dice niente la marca "Incom-Vranco"?
- La conosco, è un'azienda rumena specializzata in capi di abbigliamento femminile. E con questo?
- Con questo il cerchio si chiude: rumeno tu, rumena la donna e rumeno l'indumento intimo - azzardò.
- Pure coincidenze. La ditta "Incom-Vranco" esporta in tutto il mondo, Italia compresa, e le mutandine possono appartenere a qualunque donna. Ho sentito in televisione, e letto anche sul giornale, che la polizia brancola ancora nel buio. Lei sta cercando di incastrami senza averne le prove. Io non ho mai ucciso nessuno in vita mia.
- Alla scientifica hanno confrontato il suo DNA con quello della donna.
- Allora, posso dormire sonni tranquilli.

Mandelli trascorse il pomeriggio, e la mattina successiva, nell'attesa di incontrare di nuovo nel bosco la signorina Anna. Scacciò, come una mosca fastidiosa, il sospetto che

potesse trattarsi di una forma di infatuazione senile. Tra le sue reminiscenze letterarie gli venne in mente Pirandello invaghito in vecchiaia di Marta Abba, sua musa ispiratrice. Lui però non era animato da ambizioni in campo letterario come, segretamente, il suo ex alunno Mariano Galli geometra e aspirante scrittore. La vera ragione del suo interesse per la Mandelli era la paura che la vista avesse iniziato a fargli difetto, come vedere delle ombre inesistenti.
L'oculista può aspettare - pensò - e, liberandosi dai suoi timori, uscì. Per strada fu accolto dal vento che sollevava polvere e foglie, facendole volteggiare senza meta. Sollevò il bavero della giacca e accelerò il passo.
Arrivato al limitare del bosco, il vento arrestò la sua forza e quando entrò fu come se un domestico in livrea avesse chiuso le imposte. Il cinguettio degli uccelli si disperdeva da un ramo all'altro, i merli fischiavano in cerca di bacche, le lucertole si imbucavano nel verde al suo passaggio. Dopo una decina di minuti, ecco di nuovo un'ombra apparire e sparire sul lato destro, come un albero solitario osservato da un treno in corsa. Sentì l'accelerazione del cuore che gli bloccava il respiro e lo inchiodava al terreno.

L'autopsia intanto aveva sciolto ogni dubbio sulla morte di Gerda. La donna non si era impiccata né era stata appesa con una corda al collo, ma era morta per avvelenamento.
Colangelo, al termine dell'interrogatorio, si era prefigurata - sia pure in forma dubitativa - la fine di Gerda nel caso si fosse lasciata sfuggire i due nomi tanto temuti.
Ormai però non c'erano più dubbi: alla donna avevano tappato per sempre la bocca per impedirle di parlare.
Si trattava ora di scoprire chi, all'interno del penitenziario, era riuscito a somministrarle il veleno.
L'attenzione dell'ispettore si concentrò sulla cooperativa esterna al carcere "Frutta & Verdura di stagione", perché

l'autopsia aveva rilevato tracce di cianuro di potassio nei residui di mela presenti nello stomaco di Gerda. La frutta arrivava al carcere dentro vassoi confezionati. Colangelo procedette innanzi tutto all'interrogatorio delle compagne di cella, dalle quali venne a sapere che la rumena sceglieva sempre le mele perché, a suo parere, rendono la pelle liscia. Anche il giorno della morte aveva mangiato una mela gialla.

- Anche voi altre? - chiese.

- No, nessuna di noi - fu la risposta.

Uno dei soci della cooperativa, un certo Nicolae Gabor, era rumeno come Andrei Antonescu che Casone decise di interrogare di nuovo.

- L'ultima volta che ci siamo visti - gli fece presente, allontanando dalla bocca il mezzosigaro spento - hai detto testualmente "Allora, posso dormire sonni tranquilli". Ti ricordi?

- Sì, certo.

- Bene. Io conosco un metodo infallibile per conciliarti il sonno. Lo vedi questo sigaro? Se non mi dici la verità, te lo infilo acceso nel buco del culo!

Antonescu soffocò l'impulso di rispondere per le rime e si limitò a farlo solo mentalmente come l'altra volta.

- L'essere socio della cooperativa serve a Nicolae Gabor come copertura del suo sporco lavoro - continuò il commissario -. Basterebbe l'accusa di sfruttamento della prostituzione per sbatterlo in galera, ma non è esattamente ciò che voglio. Qualcosa ha rischiato di far saltare la vostra attività e, per evitare che ciò accadesse, non avete esitato a eliminare due donne, una delle quali è ancora priva di nome. Qual è l'identità della donna abbandonata nel bosco?

- Quante volte devo dirglielo, commissario, che non la conosco? Può mettere in atto quello che ha minacciato di

fare con il suo mezzosigaro, ma non potrà mai farmi dire quello che non so.
- Sai però che Gerda è morta mangiando una mela avvelenata. E sai anche da dove provengono le confezioni di frutta. Quindi, se non vuoi essere coinvolto anche tu nel delitto, ti conviene dire la verità.
- Quale verità? E poi, perché non interroga direttamente Gabor?
- Le priorità le decido io. Quali sono i vostri rapporti?
Antonescu aveva voglia di fargli ingoiare il mezzosigaro, ma rimase incollato alla sedia.
- Non ho nessuna verità da rivelare - rispose -. Quanto ai rapporti tra me e Gabor, sono come il fumo di sigaretta che si disperde nell'aria.

Dieci

Questa volta, Voglino non disponeva neanche di un nome per rintracciare il personaggio di cui aveva parlato Manuela. La descrizione della bambola, inoltre, era così generica - *molto bella* l'aveva definita la studentessa - da risultare del tutto evanescente. Troppo poco, pensò, per avviare un'indagine.

Gli venne in soccorso la testimonianza di una signora che casualmente si trovava a transitare nel parco il giorno del rapimento di Giulia. Il giorno dopo, la donna era partita per trascorrere un periodo di vacanza sulla Costa Azzurra e solo al suo rientro era venuta a conoscenza dell'accaduto.

Questa la sua testimonianza:

- Stavo attraversando il parco quando, inavvertitamente, ho urtato la bambola che l'uomo reggeva in mano, facendola cadere per terra. L'ho subito raccolta e restituita, porgendo le mie scuse.

- La prossima volta stia più attenta! - mi ha risposto sgarbato.

- Dall'accento ha capito se si trattava di un italiano oppure di uno straniero?

- Era italiano.

Voglino estrasse dal cassetto un abbozzo di identikit che aveva fatto realizzare con i pochi elementi a sua disposizione: barba nera, testa calva, carnagione chiara.

- L'ho visto da vicino una volta sola, ma le posso assicurare - sottolineò la signora - che la sua è una di quelle facce che non si dimenticano facilmente.

Voglino alzò la cornetta e chiamò il disegnatore.

- Ecco, signora - disse appena lo vide entrare -, il nostro tecnico è a sua disposizione per riprendere e perfezionare l'identikit. La ringrazio molto per il suo contributo.

Mandelli, vedendo arrivare la signorina Anna, tirò un sospiro di sollievo e l'avrebbe volentieri accolta in un caldo abbraccio se non lo avesse trattenuto il timore di passare per un vecchio bavoso.

- Ho rivisto di nuovo, poco fa, un'ombra che si allontanava - le confidò.

Notando lo sguardo incredulo della donna, ci tenne a precisare:

- La mia non è stata un'allucinazione, mi creda.

- Professore - ribadì Anna -, non metto in dubbio le sue parole, ma io non ho mai visto un'ombra nel bosco. Altrettanto le persone che conosco e che, come me, portano ogni giorno a spasso il loro cane.

- Anch'io non avevo mai visto prima un cadavere nel bosco! - si lasciò sfuggire di bocca, forse per non essere giudicato un vecchio visionario a cui non bisogna dare credito.

Subito dopo, si morse la lingua.

- Lei ha visto il cadavere della donna?

- Sì, dietro quel cespuglio - confermò, indicando il punto esatto del ritrovamento.

- Ha avvertito la polizia?

- No, questa è la prima volta che ne parlo a qualcuno e nessuno, all'infuori di lei, ne deve venire a conoscenza.

Anna non riusciva a capire il perché di tanta segretezza.

- Giura di tenere la bocca sigillata? - insistette Mandelli.

Ancora più sorpresa, Anna rispose:

- Non sono abituata a fare giuramenti, di cosa ha paura? Dei fantasmi?

Su quest'ultima parola s'interruppe il dialogo.

- Mi scusi - disse Mandelli -, ma si è fatto tardi e devo andare.

In realtà, non erano ancora le nove del mattino, ma Anna preferì glissare e lo seguì con lo sguardo mentre si allontanava a passo spedito. Subito dopo, si chinò per slacciare il guinzaglio del cane che prese a correre in direzione opposta a quella del professore. Nel rialzarsi, vide anche lei un'ombra che, anziché allontanarsi, cercava di aprirsi un varco fra i rami. Con un fischio richiamò il cane che si precipitò da lei.

Rinfrancata dalla sua presenza, si dispose ad affrontare il pericolo. Poco dopo, l'ombra si materializzò e apparve il quarantenne Simone Bernardi con la patta aperta.

Aizzato dalla padrona, il Beagle digrignò i denti e gli si avventò contro costringendolo a darsela a gambe levate.

Con un secondo fischio, il cane tornò da Anna che lo accolse fra le braccia per accarezzarlo. Poi, lo legò di nuovo al guinzaglio e andò a denunciare il fatto in commissariato.

Varcati i gradini di ingresso, vide per incanto le porte scorrevoli del vecchio edificio che si spalancavano davanti a lei ma, appena incrociò lo sguardo del poliziotto che sbavava da dietro i vetri dell'ufficio informazioni, l'incanto di botto scomparve. Si girò sui tacchi e uscì, facendo richiudere dietro di sé le porte scorrevoli e, con esse, ogni proposito di denuncia.

Mandelli, intanto, sdraiato sulla sua chaise-longue, stava ripensando a quando, studente universitario, aveva intrecciato una relazione con una bella e giovane cameriera, di nome Marika, addetta alle pulizie nella casa dello studente dove alloggiava. Gli incontri avvenivano in furtiva e gioiosa libertà.

Da un canto lui riusciva a dare libero sfogo alla sua esuberanza giovanile, dall'altro lei poteva aggiungere un po' di linfa alle sue magre sostanze, parte delle quali ogni mese prendeva la via di Ceardac, in Romania, dove era nata e dove tuttora risiedeva la sua famiglia. Quando si accorse di essere rimasta incinta, preferì tornare nel suo paese natale piuttosto che abortire, come invece consigliava Mandelli.

Il professore, abituato a non ricevere più nessuno in casa sua, quando sentì suonare il campanello si allarmò. Poi, pensando che potesse essere il postino, si alzò e si avvicinò alla porta.

Per prudenza, prima di aprire, guardò attraverso lo spioncino e si trovò davanti la faccia ovalizzata di Anna.

Che vorrà mai a quest'ora?, si chiese, indeciso se aprire o tornare a sdraiarsi sulla sua chaise-longue.

Il Beagle intanto si mise ad abbaiare, subito zittito da Anna e costretto ad accucciarsi ai suoi piedi.

- Proprio non vuole aprirmi, professore? Sono venuta per scusarmi con lei.

Mandelli non credeva alle sue orecchie.

- Le apro subito, ci mancherebbe - rispose.

Alla fine del racconto, l'anziano professore si sentì come se gli avesse tolto di dosso vent'anni.

- Allora - esclamò - avevo visto giusto, non sono rimbambito!

Anna gli gettò le braccia intorno al collo e lo abbracciò.

Undici

Voglino, dopo avere osservato l'identikit dell'uomo della bambola - rielaborato e perfezionato al computer -, chiamò al telefono sua moglie Barbara che si avvicinò alla scrivania e gli pose una mano sulla spalla.
- Chi è? - chiese.
- Forse è il rapitore di Giulia, la bambina sparita mentre giocava nel parco. Sua madre, per il dolore, sembra impazzita. Dirama subito questo identikit a tutte le stazioni di polizia, alla televisione e ai giornali. Dobbiamo assolutamente scoprire chi è, e arrestarlo.
Barbara gli diede un bacio veloce sulla bocca e tornò di corsa nel suo ufficio. Poco dopo, il vicecommissario uscì in strada accolto da un sole che finalmente faceva la sua timida apparizione dietro una cortina di nuvole.
Buon segno, pensò, in riferimento non tanto al miglioramento del clima uggioso degli ultimi giorni, quanto alle indagini che sembravano aprirsi alla speranza.
Rinunciò alla macchina e decise di recarsi a Villa Bianca a piedi.
Quella mattina Patanè, incontrandolo a metà corridoio, lo aveva preso scherzosamente in giro.

- Vuoi per caso raggiungere la taglia cinquantaquattro del questore?

Barbara, in maniera più discreta, si limitava a guardarlo di profilo, senza fare commenti sul ventre non più piatto come prima del matrimonio.

Il vicecommissario impiegò una buona mezz'ora prima di inerpicarsi sulla salita tutta curve che conduceva alla casa di cura adagiata in cima a una collina.

Sostò qualche minuto per dare tregua all'affanno, poi suonò il campanello.

La signora Sofia, vedendolo, sollevò a fatica le palpebre, ma appena Voglino le mostrò l'identikit dell'uomo con la bambola in mano, parve risvegliarsi dal suo torpore.

- Lo riconosce? - chiese, poggiando delicatamente la foto sulle sue ginocchia.

La donna corrugò la fronte, fece cenno di sì con il capo e mise un dito sulla bambola. Poi la sua bocca, ridotta a una linea sottile che sembrava volesse sbarrare la strada alle parole, finalmente si aprì.

Con fatica e frequenti pause, disse che il giorno prima del rapimento la figlia l'aveva accompagnata lei, perché la baby-sitter doveva sostenere un esame all'università.

Quel pomeriggio, nel parco, c'era solo un gruppo di bambini che giocavano e si rincorrevano in allegria.

Lei prese in braccio la figlia e la tenne stretta a sé fin quando non vide allontanarsi l'uomo con la bambola in mano. Finito il racconto, la signora Sofia chiuse gli occhi e serrò le labbra.

- Grazie - disse Voglino che si chinò per salutarla e riprendere la foto.

Lei, invece di restituirla, la strinse forte al petto.

Antonescu, per definire i suoi rapporti con il socio della cooperativa, aveva usato la metafora del fumo che si disperde nell'aria e per Casone fu come se glielo avesse gettato negli occhi. Alzò la cornetta e digitò un numero.

Poco dopo, la porta si aprì e apparve Gabor accompagnato da un poliziotto.

- Da noi in Italia si dice che voi due siete, più esattamente eravate, come culo e camicia - affermò -. Avete lavorato in combutta da quando siete arrivati in Italia, e vi siete spartiti i guadagni derivanti dallo sfruttamento della prostituzione. Tu - disse, puntando l'indice contro Antonescu - hai continuato a sperperarli con le donne e le macchine di lusso. Lui, invece, più subdolamente, ha cercato di mascherare la sua vera attività entrando a far parte della cooperativa che fornisce frutta e verdura al carcere.

- Le sue sono solo fantasie, commissario! - reagì Antonescu, mentre Gabor prese ad agitarsi come se fosse seduto sui chiodi come un fachiro.

- Potrei anche considerarle delle fantasie se di mezzo non ci fossero due donne morte ammazzate: una strozzata, l'altra avvelenata con una mela.

I due si guardarono in cagnesco.

- Io non c'entro niente! - protestò Gabor.

Antonescu, a quelle parole, ebbe una reazione violenta.

- Io amavo Gerda! - gridò con tutta la voce che aveva in gola - Ad avvelenarla è stato lui. Consegnatelo a me, ci penso io a fare giustizia con le mie stesse mani.

Il commissario non si aspettava di meglio che vedere i due accusarsi a vicenda. Decise di sentirli separatamente.

- Riporta in cella Gabor - ordinò al poliziotto.

Rimasti soli, Casone affrontò Antonescu.

- A quanto pare, i vostri rapporti sono tutt'altro che evanescenti come il fumo nell'aria! Per quale motivo Gabor avrebbe avvelenato Gerda?

- Dovrebbe domandarlo a lui, non a me.

- Sei stato tu ad accusarlo, dichiarandoti pronto anche a farti giustizia da solo.
Le labbra di Antonescu rimasero sigillate.
- Allora, parlo io - concluse Casone -. Tu devi solo rispondere con un sì o un no alle mie domande.
Il rumeno sollevò le spalle.
- Hai sentito cosa ho detto?
Gli uscì un sì impercettibile.
- Pronuncia un sì forte e chiaro!
- Siiì! - urlò.
- Così va bene, ora possiamo cominciare. Conoscevate tutti e due la donna strangolata e poi abbandonata nel bosco?
- No.
- È stato Gabor a ucciderla o a farla uccidere?
Nessuna risposta.
- Sì o no?
- Non posso rispondere con un sì o un no.
- Perché?
- Perché non lo so.
- Avete mai litigato per questioni di soldi?
- Sì.
- Per questioni di donne?
Antonescu storse la bocca.
- Gerda era diventata la tua donna?
- Sì.
- Gabor si era innamorato anche lui di Gerda?
 Il rumeno si agitò ancora di più sulla sedia.
- Non potendo averla per sé, ha deciso di avvelenarla in modo che non fosse di nessuno di voi due?
Antonescu non si contenne e, traboccando dal limite dei monosillabi, urlò tutta la sua rabbia:
- Tocca a me vendicare Gerda!

- Punire i colpevoli è compito della legge e la legge non prevede la vendetta - lo ammonì Casone che, subito dopo, rifece il numero per farsi condurre di nuovo Gabor.
I due rumeni, se li avesse lasciati soli, si sarebbero sbranati fra di loro. Lo fecero con gli occhi.
Uscito Antonescu, il commissario si dispose ad ascoltare la versione del rumeno.
- Mi avvalgo della facoltà di non rispondere - dichiarò Gabor -, parlerò solo in presenza del mio avvocato di fiducia.
La richiesta, prevista dal codice, era pienamente compatibile con le disponibilità economiche dell'uomo ma, alle orecchie di Casone, suonò come una indiretta ammissione di colpa.

Dodici

Addette alla confezione delle dosi di frutta e verdura desti-
nate alle detenute erano solo donne, una decina in tutto. A
ognuna, durante l'interrogatorio, venne letto l'articolo 378
del codice penale che, per l'accusa di favoreggiamento
personale, prevede la reclusione fino all'ergastolo.
Le dipendenti, alcune delle quali sposate e con figli, temendo per sé e per la sorte dei loro cari, fecero un'ampia
confessione non solo sul caso specifico dell'avvelenamento - a cui risultarono estranee -, ma anche su quello che
avveniva all'interno della cooperativa. In particolare, tutte
parlarono della loro misera paga di 6,90 euro l'ora.
Alla fine, risultò che a farsi corrompere era stato l'autista
Dimitru Petran, un rumeno di quarant'anni assunto di recente su raccomandazione di Nicolae Gabor. Il cerchio intorno al socio della cooperativa si stava chiudendo.

Grazie all'identikit - e alle dichiarazioni della signora Sofia - ora il vicecommissario sentiva di essere più vicino
alla verità. Dopo aver visto in televisione un servizio dedi-
cato alla scomparsa della piccola Giulia, il proprietario di
un negozio di giocattoli compose il numero e chiamò il
centralino del commissariato. Barbara, quel giorno, non
era in ufficio e la sostituta passò subito la telefonata al vicecommissario.

- L'ho venduta io la bambola alcuni giorni prima del rapimento della bambina - dichiarò.
- È sicuro che si tratta dello stesso uomo?
- Sicurissimo.
- Lo aveva visto altre volte?
- No.
- Quindi, potrebbe anche sbagliarsi.
- Le assicuro che la sua è una di quelle facce che non si dimenticano facilmente.
Per la seconda volta, il vicecommissario sentiva pronunciare la stessa frase, segno che doveva trattarsi di un volto particolare.
- Perché? - domandò.
- Per i suoi occhi ipnotici. Io non riuscivo a sostenere il suo sguardo.
- Conferma di averlo visto solo in quell'occasione?
- Sì.
- A questo punto, non mi resta che ringraziarla e invitarla a tenersi a disposizione. Potremmo avere ancora bisogno di lei.

Nonostante il dettaglio degli occhi ipnotici, al vicecommissario sfuggiva ancora l'identità dell'uomo con la bambola: aveva assolutamente bisogno di sapere il suo nome.
Voglino conosceva bene la realtà che si celava dietro il rapimento dei minori. Nel migliore dei casi, finivano per soddisfare il desiderio di paternità e maternità delle coppie sterili. Il più delle volte, invece, erano destinati ad alimentare il mercato del sesso e degli organi umani.
Fatta una rapida ricerca su internet, decise di contattare tutti i negozianti di giocattoli, nella convinzione che il personaggio non si fosse limitato a rapire solo Giulia.
La sua barba era vera o finta? - si chiese - La testa era calva per la caduta dei capelli o perché perfettamente rasata?

Gli occhi ipnotici erano da considerare un elemento certo, oppure anche quelli di volta in volta subivano un cambiamento grazie alle lenti a contatto dai vari colori? Dalla risposta a queste domande poteva dipendere il destino non solo di Giulia, ma anche degli altri bambini di cui non si era più trovata traccia.

Ora che la sua presunta senile visionarietà era stata smentita, Mandelli si sentiva più tranquillo. Anna aveva rischiato di essere violentata da un bruto, ma la prontezza del cane aveva salvato l'onore di lei e, di riflesso, anche il proprio.
Il professore poté così riprendere le sue passeggiate nel bosco al riparo dai fantasmi veri o presunti tali.
Incontrare il cane salvatore, accarezzarlo e scambiare due chiacchiere con la giovane padrona, costituiva di nuovo uno degli appuntamenti imprescindibili che procuravano momenti di serenità alla sua vita di pensionato.
Non che il pensiero della donna morta - con tutti i ricordi che si trascinava dietro - non gli tenesse più compagnia, ma riusciva a filtrarlo attraverso l'incontro con il mondo cangiante del bosco e gli occhi dolci di Anna.
- Tutto bene? - le chiese una mattina.
Invece di rispondere, Anna poggiò una mano sulla testa del cane e prese ad accarezzarlo.
- L'uomo dalla cerniera facile - scherzò Mandelli -, non credo voglia rischiare di dargli in pasto il suo arnese. Quanto allo spasimante in divisa, che dire? Lei è riuscita a bloccarlo una volta per tutte dietro i vetri dell'ufficio informazioni!
- Anche lei, professore, ora non ha più motivo di vedere ombre che si muovono fra i rami.
- Mi sento davvero sollevato - affermò.
Poi, cambiando argomento, chiese:

- Il suo bel ragioniere che fine ha fatto?
- Ho saputo che si è sposato e indovini con chi?
- Non ho idea.
- Con Margherita, la mia migliore amica.
- Dagli amici mi guardi Dio che dai nemici mi guardo io, dice il proverbio.
Anna scosse la testa.
- Lo so, ma da Margherita non me lo sarei proprio aspettato.
- Sa cosa mi aspetto invece io da lei?
- Cosa?
- Che si decida a farmi mangiare i biniiss, prima che sia troppo tardi!
Il cane abbaiò. La donna sorrise e si mosse, tenendolo al guinzaglio. Mandelli capì e si mosse anche lui.
- Lei non desidera essere tenuta al guinzaglio - azzardò -, dica la verità.
Anna non rispose, slegò il beagle e lo lasciò libero di rincorrere uno scorsone che si era avventurato a imbucarsi dall'altra parte del sentiero.

Tredici

La gravità della situazione e gli aspetti ancora da chiarire della personalità e del ruolo di Gabor erano tali da esigere anche la presenza del vice di Casone. Voglino, del resto, si era distinto per l'impegno e l'energia con cui aveva seguito la storia che vedeva coinvolti i due rumeni sullo sfondo di una vicenda già di per sé complessa.
L'avvocato di Gabor, un uomo distinto sui sessant'anni, era italiano. Indossava un elegante gessato blu che dava risalto ai gemelli d'oro che sigillavano i polsini inamidati della camicia. I capelli ricci gli cadevano a cascata sulla nuca, sulle tempie e sulla fronte, nel vano tentativo di nasconderne le rughe.
Si sedette tutto impettito alla destra di Gabor come se, con quella postura, ne uscisse rafforzato il suo ruolo protettivo.
- Allora - esordì il commissario -, intende ancora avvalersi della facoltà di non rispondere?
- Il mio assistito è pronto a soddisfare a tutte le sue richieste, signor commissario - si premurò di precisare l'avvocato che aveva una voce fessa, in netto contrasto con l'età e l'aspetto elegante della persona.
- Bene - commentò Casone -, cominciamo dall'inizio: per quale motivo tu e Antonescu adesso vi odiate così tanto? Un tempo non eravate amici e soci in affari?

Gabor fu tentato di non rispondere. Girò gli occhi verso l'avvocato che gli fece cenno di sì con il capo.

- Perché - rispose fra i denti - voleva portarmi via Gerda.

Il commissario lo guardò dritto negli occhi.

- Solo per questo?

- Lei cosa avrebbe fatto al posto mio? - reagì.

- Le domande qui le faccio io. Ripeto, solo per questo o c'è dell'altro, e per altro intendo l'uccisione della donna.

- Commissario - intervenne di nuovo l'avvocato -, il mio assistito non ha nulla a che vedere con la morte della donna. Gerda è stata avvelenata e il signor Gabor non è qui in veste di imputato, ma di parte lesa.

- Avvocato, le prove della sua innocenza, ammesso che le abbia, le riservi per quando si celebrerà il processo - lo tacitò Casone -. Lasci che sia lui a parlare.

- Confermo quello che ha detto il mio avvocato: io non c'entro niente con la morte della donna.

- Io invece penso di sì.

Il geometra Mariano Galli, ex allievo del professor Mandelli, esitò a lungo prima di decidersi a inviargli qualche suo scritto. L'indecisione nasceva dal fatto che ne temeva ancora, in un certo senso, il giudizio. Scartò il romanzo che aveva appena terminato di scrivere, così pure i gialli e le fiabe. Scelse alcune liriche d'amore che aveva composto per una ragazza di cui, molti anni prima, si era perdutamente innamorato.

Aveva fattezze statuarie: seni alti, occhi chiari, lunghi e ondulati capelli biondi, labbra carnose e gambe tornite.

Bella, troppo bella per uno come me! - aveva concluso, cercando di nascondere l'amarezza dello smacco. La sua corte serrata, infatti, non era riuscita mai a superare i confini del cimento poetico in cui aveva profuso le sue energie e le sue speranze. Ne ottenne solo ringraziamenti e auguri per le sue aspirazioni letterarie.

Con la cessazione del corteggiamento si interruppe bruscamente anche la produzione poetica che finì in fondo a un cassetto della scrivania, insieme al ricordo della bella e inarrivabile musa ispiratrice. Rileggere le poesie e provare un pungente senso di rammarico per la rosa che non era riuscito a cogliere, fu tutt'uno.

Ne selezionò una decina, le trascrisse sul computer e le spedì via e-mail. Mandelli, nel leggerle, rimase colpito dalla bravura del suo ex allievo e, nonostante avesse promesso di non esprimere giudizi, gliene inviò uno elogiativo.

In calce, nel post scriptum, aggiunse che gli avrebbe fatto piacere incontrarlo di nuovo.

Attraverso la finestra dello studio veniva il fragore lontano del treno. Mandelli uscì in strada e aspirò l'aria del mattino, camminando allegro perché sapeva che, di lì a poco, il bosco si sarebbe riempito della presenza di Anna.

Lo accolse, come sempre, la cupola verde all'interno della quale in un certo senso si celebrava la festa della natura, con i suoi riti e le sue liturgie.

Su tutto, si levava lo stormire del vento che di ramo in ramo propagava il suo canto come attraverso le canne di un organo.

L'armonia, d'un tratto, s'interruppe.

Per quanto si guardasse intorno e tendesse l'orecchio per percepire l'abbaiare di un cane, o un lontano calpestio sulle foglie secche del sentiero, si rese conto di essere solo.

Conosceva a memoria i turni di lavoro di Anna e sapeva che, senza un grave motivo, non avrebbe disertato l'abitudine di portare a spasso il cane.

Un malore aveva forse colpito sua madre, o lei stessa non si era sentita bene?

Dai sensi gli veniva un segnale di allarme che lo indusse a sospendere la passeggiata nel bosco.

Non si era mai recato a casa di Anna, lei invece una volta gli aveva fatto visita per presentargli le sue scuse.

Esitò prima di prendere una decisione: che avrebbero pensato le due donne, specialmente la madre, vedendolo arrivare?

Il bisogno di essere informato gli fece superare ogni remora e, senza ulteriori incertezze, si diresse alla sua abitazione.

I timori non erano infondati: la madre di Anna si era sentita male e Anna si trovava in casa in ansiosa attesa dell'arrivo dell'ambulanza.

Al pronto soccorso le avevano comunicato che i mezzi a disposizione erano tutti accorsi per soccorrere i feriti di due gravi incidenti stradali.

- Chiami intanto il suo medico - le avevano suggerito.

Sentendo suonare il campanello Anna, pensando che fosse il dottore, si precipitò alla porta.

Si trovò di fronte Mandelli e ne rimase sorpresa.

- Lei, per caso è dotato di un sesto senso? - gli domandò.

- Non mi dispiacerebbe, sa? Semplicemente, non vedendola arrivare nel bosco, mi sono preoccupato ed eccomi qui. Come sta sua madre? Posso fare qualcosa?

- Può solo farmi compagnia in attesa che arrivi il medico, dovrebbe essere qui a momenti.

- Ha chiamato il pronto soccorso?

- Sì, ma al momento non ci sono ambulanze disponibili. Lo ha saputo anche lei che ci sono stati due grossi incidenti?

- No, però ho sentito l'urlo delle sirene in lontananza.

In quel momento suonò il campanello.

Il dottore conosceva la casa e si diresse in fondo al corridoio, dove c'era la camera da letto di Lidia, la madre di Anna, che non si accorse neppure dell'arrivo del medico.

Il suo viso prostrato emergeva cereo dalle coperte su cui cadevano inerti le braccia della donna.

Visto lo stato catalettico della malata, il dottore impugnò il cellulare e telefonò alla croce rossa, sollecitandola a intervenire con la massima urgenza.

- Stiamo arrivando! - fu la risposta che, grazie al dispositivo del viva voce, poté ascoltare anche Anna.

Il dottore sapeva che la paziente soffriva di anemia emolitica episodica, diagnosticata da tempo con il test Cooms e curata con terapia marziale.

- Cosa dice, dottore? - chiese Anna.

- Occorre ricoverarla, perché probabilmente sono insorte delle complicazioni che hanno aggravato il quadro clinico della malattia.

- La situazione è grave?

- Sua madre ha un fisico forte, ma è necessario sottoporla a una serie di accertamenti.

Quattordici

Voglino, in piedi davanti a una lavagna magnetica, stava vagliando per l'ennesima volta la situazione. Passava dalla foto di Giulia a quella della madre, dall'identikit dell'uomo della bambola al proprietario del negozio di giocattoli e, infine, alla baby-bitter prossima alla laurea.

Recentemente, aveva ricevuto - e subito cestinato - una lettera anonima, in cui si faceva esplicito riferimento alla relazione lesbica tra lei e la giovane e affascinante signora con cui si era intrattenuta a chiacchierare nel parco.

Per principio era contrario a dare credito alle informazioni anonime. Decise pertanto di buttarla nel cestino della carta, per concentrare la propria attenzione sulla ricerca dell'uomo della bambola. Più ne osservava l'identikit e più lo associava a un passeggero che aveva intravisto all'aeroporto di Linate, mentre attendeva di salire sull'aereo.

L'uomo era stato l'ultimo a scendere dalla scaletta. Lo aveva notato perché, prima di lui, per un tempo incalcolabile, aveva contemplato le interminabili gambe di una bionda mozzafiato con l'aria di un'attrice consumata.

Distrazione colpevole? Ammesso che possa definirsi colpevole tutto ciò che è inevitabile, Voglino si mise a frugare nella sua borsa da viaggio. In una tasca laterale ritrovò il biglietto aereo grazie al quale, dopo lunghe ricerche, riuscì a risalire all'elenco di tutti i passeggeri che si erano imbarcati quel giorno. Adesso, finalmente, aveva tra le mani un nome, ma era quello giusto?

Senza perdere tempo prezioso, convocò nell'ufficio la moglie Barbara per affidarle di nuovo l'incarico di inviare a tutte le stazioni di polizia, alla televisione e ai giornali, l'identikit abbinato al nome e al cognome del ricercato.

Incrociò le dita e attese.

L'ispettore Colangelo, diversamente da Voglino, si era trovato davanti una strada spianata - anzi, in discesa -, quando si era trattato di scoprire l'identità dell'autista della cooperativa "Frutta e verdura di stagione".

Di lui, praticamente, conosceva tutto: nome, cognome, luogo e data di nascita, quando era giunto in Italia e cosa aveva fatto sin dal primo giorno del suo arrivo.

Sapeva inoltre che Nicolae Gabor prima lo aveva favorito, facendolo assumere come autista della cooperativa, e poi l'aveva costretto - con il fascino che il denaro esercita su chi ne è privo - a fare in modo che la confezione avvelenata arrivasse alla destinataria.

L'autista Dimitri Petrov vuotò il sacco sapendo che, da dietro le sbarre, difficilmente Gabor avrebbe potuto mettere in atto una vendetta nei suoi confronti.

Ciò nonostante, prima di essere condotto in cella, si girò con occhi supplichevoli verso il commissario e l'ispettore.

- Stai tranquillo - lo rassicurò Casone - Gabor non è più in grado di nuocere. Con l'accusa di omicidio rischia di marcire in prigione per il resto dei suoi giorni.

La mattina dopo, l'ormai ex socio della cooperativa se la dovette vedere di nuovo con il commissario che fece finta di non vederlo e si rivolse direttamente al suo legale.

- Ricorda, avvocato, cosa ha detto l'ultima volta che ci siamo visti? Che il suo assistito non era in veste di accusato, ma di parte lesa. È ancora dello stesso parere?
Senza dargli il tempo di aprire bocca, proseguì deciso:
- So già in quale modo lei intende impostare la sua difesa. Scavando nel passato, cercherà di far vacillare la credibilità del testimone, lo accuserà di aver tradito il suo benefattore che gli aveva procurato un lavoro onesto, che occorrerà ascoltare altre testimonianze e bla, bla, bla… Sa cosa le dico? Quando uno viene sorpreso con le mani nel sacco non ha più scampo!
L'avvocato non si aspettava di essere investito da quella specie di vento catabatico e rimase ammutolito.
- Tu - aggiunse poi rivolto a Gabor - hai ancora il coraggio di proclamarti innocente? No, non rispondere. Ti ho convocato qui solo per vedere la tua faccia per l'ultima volta.
Ciò detto, richiamò il poliziotto che lo aveva accompagnato.
- Riportalo in cella - gli ordinò - da dove uscirà solo per andare in tribunale, quando si svolgerà il processo a suo carico.

La forte fibra di Lidia, la madre di Anna, le consentì anche questa volta di superare la crisi.
A casa l'attendeva un'accoglienza calorosa. C'erano fiori dappertutto: nell'ingresso, nel soggiorno, nella sala da pranzo. Il letto, poi, era letteralmente sommerso da petali di rosa. La donna non se lo aspettava e si commosse fino alle lacrime.
Durante la degenza in ospedale, a farle visita si era recato anche Mandelli che non aveva mai mancato di portarle un mazzo di fiori. Nel salotto, sotto la scritta "Bentornata!", quella mattina era presente anche lui.

Appena la vide, le andò incontro per stringerle la mano.
Lei invece lo accolse tra le braccia e lo baciò sulle guance.
Anna non si era occupata solo dei fiori, ma aveva voluto
dimostrare anche la sua abilità nel preparare un pranzo
adeguato alle condizioni di sua madre: antipasto a base di
tartine, risotto allo zafferano, zucchine ripiene, broccoli
gratinati e macedonia di fragole.
Inoltre, ciliegina sulla torta, aveva fatto in modo che
l'ospite prendesse posto a tavola esattamente alle ore dodici. Sapeva - glielo aveva confidato lui stesso il giorno in
cui si erano intrattenuti più a lungo a chiacchierare nel bosco - che per il professore si trattava di una sorta di co-
mandamento civile.
La signora Lidia non aveva ancora impugnato le posate.
- Che fai, mamma, non mangi? - chiese la figlia.
- Oggi mi limito a mangiare con gli occhi - rispose.
Poi però, per non mettere in imbarazzo l'ospite che non
osava iniziare prima di lei, portò alla bocca una tartina, poi
assaggiò il risotto e le zucchine. Infine, un cucchiaino dietro l'altro, consumò anche la macedonia di fragole.
Mandelli, al termine del pranzo, si alzò in piedi per un
brindisi.
- Auguro che questa sia la prima di una lunga serie di giornate, sempre più liete e fortunate! - esclamò, sollevando il
calice in cui gorgogliavano, allegre, le bollicine di uno
spumante di marca. Le due donne fecero altrettanto e si in-
trattennero a conversare amabilmente fino al momento del
commiato.
Sulla porta, prima di andare via, il professore ricevette e
restituì un bacio sulle guance.

Quindici

Indeciso se portare o no altri testi da far leggere al suo ex professore, Galli optò per un atteggiamento strategico che, già in altri casi, si era rivelato utile.

- Oh, guardi - disse, colpendosi con una mano la fronte - li avevo scelti con cura ma poi, per una sbadataggine imperdonabile, li ho dimenticati sulla scrivania del mio studio.

- L'importante è che tu sia arrivato in orario - rispose Mandelli -. La puntualità è la regina delle virtù civili e io non posso mancare, neanche in un'occasione come questa, all'appunta- mento con la mia passeggiata pomeridiana.

La mania del professore gli era nota sin da quando sedeva nei banchi di scuola. Per dare il buon esempio, Mandelli si faceva trovare in anticipo sul suono della campanella e restituiva con sollecitudine i compiti in classe debitamente corretti.

- Le tue poesie - disse accomodandosi sulla poltrona del salotto - sono espressione del processo di innamoramento che, per certi aspetti, ricorda l'influsso che hanno esercitato su di te lo stilnovismo e il canzoniere del Petrarca. Le donne di oggi però sono lontane secoli da una visione idealizzata dell'amore.

- Lo so, professore, ma, se le corde del sentimento possono emettere suoni differenti, la musica del cuore è sempre
la stessa.
- Giusto! - concluse Mandelli -. Mi sono permesso di far
leggere i tuoi testi a una mia giovane amica che, alla fine,
ha espresso il desiderio di conoscerti.
- È un geometra - le ho detto.
- E io sono una ragioniera - mi ha risposto.
Galli si rilassò contro lo schienale della poltrona e poi,
molto prosaicamente, chiese:
- È bella?
- Ecco - disse Mandelli - in un colpo solo hai smontato il
clima poetico che eri riuscito a creare.
- Professore, lo sa meglio di me che l'occhio vuole la sua
parte.
- Certo e ti assicuro che non resterai deluso.

Voglino non dovette frugare nel cestino che, peraltro, la
donna delle pulizie aveva già provveduto a svuotare, ma
nella sua memoria, per trovarvi traccia della relazione fra
la baby-sitter e la moglie di un noto professionista.
Ancora una volta, si poneva un problema nominalistico:
come si chiamavano il professionista e sua moglie? Il
compito di fornire una risposta a queste domande fu affidato a Barbara che era diventata ormai un'esperta naviga-
trice internettiana.
Usando due computer collegati con un cavo di rete incro-
ciato, riuscì in breve tempo a dare una risposta alla richiesta del marito. Il professionista altri non era che l'avvocato
penalista Emilio Guzzetti, noto cornificatore, ampiamente
ripagato in fatto di appendici ossee dalla moglie Venerina.
La donna, infatti, praticando con grande disinvoltura il bi-
sessualismo, forniva ampio materiale ai commenti salaci
dei colleghi che se li passavano l'un l'altro.

Dell'avventurosa girandola entrò a far parte anche Manuela, attratta soprattutto dalla generosità con cui le venivano ricompensate le giovanili e disinibite prestazioni.

Il penalista Guzzetti, superata la boa dei quarant'anni, cominciò ad avvertire sempre più forte il richiamo della paternità. Madre natura, però, lo aveva reso indisponibile alla funzione riproduttiva e, per sopperire al suo deficit congenito, non aveva trovato di meglio che assoldare in gran segreto un cliente che versava in particolari difficoltà economiche.

Costui, in verità - considerati i rischi cui andava incontro - all'inizio si dimostrò piuttosto restio a mettere in pratica il rapimento di una bambina.

Poi, messo di fronte alla cifra allettante che gli veniva offerta - e alla garanzia di un'assistenza gratuita nel caso fosse stato arrestato -, finì per accettare.

Venerina era all'oscuro di tutto e apprese la notizia del rapimento di Giulia con lo stesso distacco con cui la televisione le portava in casa l'eco del triste fenomeno. A metterla in allarme, arrivò invece come un ciclone l'improvvisa scomparsa dal suo orizzonte della giovane Manuela, la cui frequentazione considerava ormai stabile.

Poi, altro ciclone inatteso, la sparizione del marito. Un male minore, pensò in un primo momento. In seguito, l'idea che per una come lei, abituata al lusso sfrenato, ciò potesse comportare una drastica riduzione della sua autonomia economica, la fece entrare in fibrillazione.

- Pecunia non olet sed penuria dolet! - aveva commentato in rima la sua professoressa di latino che non perdeva occasione per lamentarsi della bassa retribuzione degli insegnanti italiani rispetto a quelli stranieri.

La scarsità di denaro, e la conseguente rarefazione delle sue escursioni d'alcova, la spinsero a denunciare il marito per abbandono del tetto coniugale.

Senza volerlo, la sua accusa servì sopra un piatto d'argento la ricerca dell'uomo della bambola.

Mandelli ora aveva un nuovo orario da rispettare: la visita settimanale alla signora Lidia. Si presentava sempre ben vestito e con un mazzo di rose in mano.
- Grazie! - esclamava commossa la signora Lidia, mentre si portava al petto i fiori e ne aspirava il profumo.
Quando aveva necessità di rilassarsi, Mandelli si stendeva sulla sua amata chaise-longue e si abbandonava all'onda dei ricordi.
Uno, in particolare, si affacciò più volte alla sua mente.
"È per questo che ama la solitudine?" - gli aveva chiesto un giorno Anna.
"Credo di sì - aveva risposto - *La invito però a non seguire il mio esempio. L'apertura agli altri e l'amicizia sono valori importanti e, soprattutto adesso che sono vecchio, ne sento la mancanza."*
"Può sempre rimediare."
"È troppo tardi ormai"- aveva concluso.
Quest'ultima battuta allora sembrava sbarrare la strada alla speranza. Invece, da quando aveva iniziato a frequentare la casa di Anna - e Anna e Mariano avevano intrecciato una relazione -, sentiva sgretolarsi dentro di sé il sentimento di rassegnata resa al destino che avrebbe voluto condannarlo alla solitudine.
"Può sempre rimediare"- insisteva la voce che a volte sembrava quella di Anna, altre quella di sua madre Lidia.
La rivedeva sorridente quando lo accoglieva sull'uscio di casa, poi mentre preparava il caffè per due e infine quando si soffermava volentieri a conversare con lui.
- Le piace leggere? - le chiese un giorno.
- Sì, ma da quando mi si è indebolita la vista, non riesco più a portare a termine la lettura di un libro.

- Se vuole, possiamo alternarci nel leggere qualche capitolo quando vengo a trovarla - propose Mandelli.

- Sì, grazie - acconsentì lei.

- Conosce lo scrittore Joseph Roth?

- No.

- La prossima volta porterò con me il romanzo "Giobbe", sono sicuro che le piacerà. È diviso in sedici brevi capitoli.

- L'aspetto.

Una volta la settimana si alternarono a leggere due capitoli ciascuno e, nel giro di un mese, la donna non solo poté fare conoscenza dell'autore, ma anche affezionarsi al volto e alla voce baritonale del professore.

Mandelli, a sua volta, si lasciava dondolare da quella altalenante di Lidia. Mentre lei era intenta a leggere l'ultimo capitolo, chiuse gli occhi per ascoltare e fare sue le immagini con cui il protagonista Mendel ricordava la moglie defunta:

"*Si rammentò del suo giovane tepore che un tempo egli aveva assaporato, delle sue guance rosse, degli occhi socchiusi che avevano scintillato nel buio delle notti d'amore, piccole luci allettanti.*"

Riaprì gli occhi e per un attimo ebbe l'impressione che, al posto di Lidia, sulla poltrona fosse seduta sua moglie che lo aveva lasciato dieci anni prima.

Sedici

Guzzetti possedeva un grazioso pied-à-terre, dove era solito portare le sue amanti. Lì, in attesa che si calmassero le acque, si era rifugiato dopo il rapimento di Giulia. La bambina però, lontana dalla madre, continuava a piangere e si rifiutava di mangiare. L'avvocato provò allora a condurla al ristorante, al cinema, al parco giochi, nei migliori negozi di abbigliamento e di scarpe per bambini. Niente, non riusciva a strapparle di bocca neanche una parola. Sembrava che, oltre alla volontà, avesse perso anche la voce.

Un giorno, passando davanti a un negozio di giocattoli, Giulia vide esposta una bambola simile a quella che reggeva in mano l'uomo che l'aveva rapita, ed ebbe una reazione violenta. Si lanciò contro la vetrina e prese a tempestarla di calci e pugni.

Il proprietario abbandonò subito la cassa e le clienti in attesa di pagare e uscì portando con sé il cellulare per fotografare gli eventuali danni. Appena fuori, si rivolse all'uomo che credeva fosse il padre della bambina.

- Non si vergogna, è così che ha educato sua figlia? - lo apostrofò.

- Non è mio papà, lui mi ha fatto rapire da un uomo cattivo! - si mise a gridare tra le lacrime.

- Mi scusi, mia figlia soffre di disturbi comportamentali sin dalla nascita - cercò di difendersi l'avvocato.

Detto questo, si abbassò per prenderla in braccio, ma Giulia reagì tentando di graffiargli il viso.

Il negoziante tornò nel negozio ma prima, cercando di non farsi vedere, scattò un paio di fotografie che poi provvide a inviare alla polizia. Voglino, appena le vide sul computer, fece partire immediatamente la ricerca.

Le immagini dell'uomo che cercava di difendersi dai graffi di Giulia fecero subito il giro delle agenzie di stampa e della televisione che le mandò in onda.

Furono viste anche a Villa Bianca, ma i dirigenti della casa di cura ritennero opportuno tenere all'oscuro la madre di Giulia, almeno fino a quando le operazioni della polizia non si fossero concluse.

La prima a sorprendersi - e a indignarsi - dell'accaduto fu Venerina, la moglie di Guzzetti, la quale non avrebbe mai immaginato che il marito potesse cadere così in basso.

I reciproci tradimenti, al confronto, le apparvero come delle innocue scappatelle di cui, in vena di confidenze, vantarsi con le amiche. Lo stesso abbandono del tetto coniugale, alla luce del misfatto di cui si era reso colpevole il marito, perse di rilevanza. Anche le varie amanti, appresa la notizia, rimasero sbigottite non riuscendo a credere che, dietro il professionista galante e di successo, potesse celarsi un bruto.

Una di loro, senza svelare il proprio nome, fece una soffiata alla polizia, svelando il segreto del pied-à-terre.

La soddisfazione di arrestarlo volle prenderla personalmente Voglino che portò con sé , oltre a un poliziotto, anche la moglie Barbara perché si occupasse della bambina.

L'avvocato, sentendo odore di terra bruciata, abbandonò in fretta e furia il suo rifugio e si diresse allo scalo di Linate.

Mentre faceva la fila al check-in, con la coda dell'occhio vide avvicinarsi due agenti in servizio presso l'aeroporto e, tra lo stupore dei passeggeri, abbandonò Giulia e fuggì.
Uno dei due poliziotti si lanciò subito all'inseguimento, mentre l'altro prendeva per mano la bambina.
Dopo una corsa disordinata e precipitosa, Guzzetti fu bloccato da altri due poliziotti avvertiti dall'agente che, subito dopo, si piegò sulle ginocchia per asciugare le lacrime di Giulia.

Il geometra Mariano Galli era ansioso di conoscere la ragioniera Anna Marelli per la quale, grazie anche alle lodi di Mandelli, era pronto a comporre nuove liriche d'amore.
Anna si presentò all'appuntamento avvolta in un abito chiaro e leggero, messo in risalto dalla luce della primavera.
Mariano fu subito colpito dai suoi occhi vivaci, dal naso piccolo, dagli zigomi alti e dal ciuffo che ricadeva in disordine sulla fronte. Lasciò a lei il compito di rompere il ghiaccio.
- Ho apprezzato molto le sue poesie - disse Anna, stringendogli la mano.
- Il professore - rispose Mariano, girandosi verso Mandelli - non ha reso giustizia alla sua bellezza. Lei è molto più bella di quanto le sue parole potessero lasciare immaginare.
Si sedettero al tavolo di un bar davanti a tre bibite ghiacciate che ben presto restarono vuote. Mandelli dopo un po', con la scusa che si stava facendo tardi, si alzò in piedi.
- Credo di essere di troppo, vi lascio alle vostre galanterie - disse diplomaticamente, invano trattenuto dai due.
Rimasti soli, e superata la fase dell'imbarazzo iniziale, presero a parlarsi sempre più confidenzialmente.

Alla fine, uscendo, si strinsero in un abbraccio con la promessa di incontrarsi di nuovo. Era quanto si era ripromesso Mandelli il quale, convinto ormai che alla sua età non fosse bene restare senza una compagnia femminile, si dirisse verso la casa della signora Lidia.

- Le solite rose gialle? - chiese la fiorista appena lo vide entrare nel negozio.

- No - rispose -, questa volta le voglio rosse come il rossetto delle sue labbra.

- Oggi è in vena di complimenti, professore! - esclamò, sorpresa, la donna. È la primavera o si è innamorato?

- Tutte e due - rispose.

Poi, prima di salutarla, guardandola negli occhi, aggiunse:
- Forse.

La madre di Anna non si aspettava che arrivasse da solo, senza la figlia.

- L'ho lasciata in buona compagnia - si scusò, accolto come sempre tra le braccia della donna che non mancò di notare la novità del colore delle rose.

- La fiorista ha esaurito quelle gialle? - chiese con finta ingenuità.

- Non ti piacciono? - domandò a sua volta.

- È il mio colore preferito, cioè era… - si corresse subito.

- Non dire così. Io, in ogni caso, sono contento che la fiorista sia rimasta priva di rose gialle - mentì.

Si intrattenne a chiacchierare più del solito, infischiandosene della tirannia dell'orario. Quando sentì suonare il campanello, si alzò al posto di Lidia - avevano deciso di darsi del tu e di chiamarsi per nome - e andò ad aprire.

- Allora, come è andata ? - chiese ad Anna.

- Bene - rispose - ma lei, prima di andare via, non si è scusato dicendo che era tardi?

- Ricorda quello che ci siamo detti parlando della solitudine, il bozzolo dentro il quale mi sono rinchiuso da anni?

- Sì, che si può sempre rimediare.
- E io che cosa le ho risposto?
- Che era troppo tardi ormai. Ci ha forse ripensato? Il bozzolo si è schiarito e la farfalla adesso vuole prendere il volo?
- Essere paragonato a una farfalla alla mia età è qualcosa che può avvenire solo nel mondo dei sogni o nella fantasia di un Mirò.
- È una metafora! Non si dice così, professore?
- Basta voi due - intervenne la signora Lidia -, vi state prendendo gioco di me? Non ci sto capendo più niente con questa storia del bozzolo, della farfalla e di...come hai detto?
- Mamma, come ti permetti di dargli del tu?
- Ho detto Mirò, un famoso pittore surrealista spagnolo - intervenne Mandelli, lasciando che a chiarire la faccenda del tu fosse la madre.

Diciassette

Guzzetti non aveva immaginato che un giorno si sarebbe trovato - per la prima volta a ruoli invertiti - non a difendere un imputato, ma a doversi difendere dall'accusa di sottrazione di minore. Anche per Casone quella era la prima volta, nella sua carriera di commissario, che gli capitava un caso del genere.

Non mancò di farglielo notare.

- Avvocato - esordì -, lei ha completamente dimenticato, anzi calpestato, la deontologia professionale che esigerebbe da parte sua un comportamento ispirato all'assoluto rispetto delle leggi. Devo essere io a ricordarle che esiste l'istituto dell'adozione? Le mancano forse i mezzi?

Guzzetti si sentiva in forte imbarazzo e non riusciva a sostenere lo sguardo del commissario.

- Non si è reso conto dei danni, fisici e morali, che ha causato con il suo gesto? Lo sa che la madre di Giulia è finita in una casa di cura per malattie mentali? E al trauma della bambina non ha pensato? Si aspettava forse che si affezionasse a lei e la chiamasse papà?

A Guzzetti sembrava di essere in aula ad ascoltare l'arringa del pubblico ministero.

- Lei come avvocato - riprese Casone - conosce meglio di me l'iter processuale, e in prigione avrà modo di organizzare la sua difesa. L'ho convocata qui per assicurare alla

giustizia anche l'uomo che ha eseguito materialmente il sequestro della bambina. Possediamo il suo identikit, ma ci resta ancora qualche dubbio sulla sua identità. Da lei mi aspetto un minimo di collaborazione.
Guzzetti rimase in silenzio.
- Allora? - lo sollecitò il commissario.
- Mi avvalgo della facoltà di non rispondere.
- In questo modo lei non fa che aggravare la sua posizione e non impedirà certo l'arresto del suo scagnozzo.
Detto questo, fece entrare i due agenti rimasti in corridoio.
- Adesso - gli disse a muso duro - si alzi e sparisca dalla mia vista!

Voglino, quando si era recato a Villa Bianca, aveva provato un senso di impotenza di fronte al male morale e fisico che aveva colpito la madre di Giulia. L'ultima volta che l'aveva vista, la donna si era aggrappata all'esile filo di speranza legato a una fotografia che non aveva voluto restituire. Prima se l'era stretta tra le mani e poi al petto.
Nella memoria gli era rimasto impresso soprattutto il gesto eloquente, ancorché privo di voce, del dito posato sulla bambola. Ma si trattava solo del giocattolo oppure, su di esso, la donna aveva trasferito il mondo che la legava alla figlia, la *sua* vera bambola?
Non sapendo come comportarsi in quella delicata circostanza, Voglino ricorse di nuovo alla sensibilità femminile di sua moglie.
- Ti senti di andare a parlare con la signora Sofia? - le chiese - Ho visto come la bambina si è affezionata a te e sono sicuro che saprai trovare le parole giuste per farle affrontare l'incontro con sua madre.
Giulia, in effetti, aveva ripetutamente chiesto:
- Dov'è la mamma? Quando la posso vedere?

- Presto, molto presto - l'aveva assicurata Barbara, stringendola al petto e baciandola sulla fronte.
Più che la bambina, a dire il vero, era la madre ad avere bisogno di essere preparata all'impatto emotivo dell'incontro. Il compito fu affidato allo psicologo di Villa Bianca che svolse il suo ruolo con delicatezza. La lunga permanenza nella clinica non era servita a fare uscire dal suo stato catatonico la donna che sembrava refrattaria a qualunque cura.
Bastò invece mostrarle la foto di Giulia, perché si risvegliasse dal suo torpore e urlasse, in una sorta di grido liberatorio, il nome della figlia:
- Giulia…Giulia…
Anche quando la vide arrivare, e staccarsi dalla mano di Barbara per andarle incontro, non fece altro che ripetere quel nome. Alla fine, più che le parole, fu il contatto fisico - e il lungo silenzio che ne seguì - a ristabilire il muto dialogo d'amore tra madre e figlia: premessa, e anche promessa, di lenta guarigione dalle loro ferite.

Mentre la moglie assisteva commossa alla scena, Voglino entrava nell'ufficio di Casone.
- Guzzetti è stato reticente - disse il commissario - e non mi è stato possibile cavargli di bocca né il nome né il nascondiglio del sequestratore. A questo punto, il compito di portare a termine la ricerca spetta di diritto a te.
- Prima che mi convocassi, ho ricevuto una telefonata che non lascia più scampo all'avvocato.
- Di che si tratta?
- Il sequestratore ha commesso l'imprudenza di contattare Venerina, la moglie di Guzzetti, per incassare la seconda parte della somma pattuita. La donna ha risposto di non avere in casa tutta la cifra e gli ha fissato un appuntamento

per questa sera, alle diciotto, sotto il ponte che scavalca il fiume.

- Come mai ti ha telefonato?

- Per vendicarsi, ha detto. Subito dopo però ha aggiunto che intendeva farlo anche per recuperare i soldi già versati dal marito che ha definito testualmente "un essere ripugnante".

- Verrebbe voglia di dire "chi si somiglia si piglia", ma lasciamo perdere. Adesso, l'importante è catturarlo.

Il sequestratore aveva preteso che la consegna del denaro avvenisse con la mediazione di una terza persona. Inoltre, aveva minacciato di morte la donna nel caso in cui nella borsa, al posto delle banconote, avesse trovato della carta straccia.

Le rive del fiume erano ricoperte da una fitta vegetazione che, in alcuni punti, diventava rada e consentiva l'accesso ai pescatori e ai ragazzi desiderosi di tuffarsi in acqua.

L'intermediario, in realtà, era il sequestratore che, munito di cappello a tesa larga, di canna da pesca e di cosciali impermeabili, si diresse nel punto che lui stesso aveva indicato. Nel momento in cui stava per prelevare la borsa, due poliziotti sbucarono dal loro nascondiglio e lo arrestarono.

Diciotto

Il geometra Galli trascorse in febbrile attesa i giorni che lo separavano dal nuovo incontro, in uno dei migliori ristoranti del luogo, con la bella ragioniera canturina. Anna, come donna, aveva percepito a pelle che Mariano poteva essere la persona giusta per lei. Poeta sì, ma anche uomo concreto, con la sua professione di geometra non così distante dalla propria.

Si presentò all'appuntamento decisa ad abbandonarsi all'onda dei sentimenti. La cena squisita, il vino d'annata, la torta e lo champagne fecero il resto.

All'uscita dal ristorante Anna si sentiva inebriata e si concesse agli abbracci e ai baci focosi di Mariano che però, pago di come erano andate le cose fino a quel momento, non volle spingere il pedale sull'acceleratore, e rimandò a un'altra circostanza l'urgenza di dare sfogo alla sua eccitazione.

Che non tardò ad arrivare.

La domenica successiva c'era da festeggiare un compleanno e Anna estese l'invito a fare onore ai settant'anni di sua madre anche a lui, oltre a Mandelli che ormai le dava del tu e la chiamava per nome.

Al termine del pranzo i due, appesantiti dal cibo e dal vino, andarono a distendersi sul divano del salotto e dopo un po' si appisolarono. Anna e Mariano ne approfittarono per chiudersi in camera da letto e dare sfogo ai loro ardori. Mandelli a un certo punto si mise a russare così forte da svegliare Lidia che, non vedendo né Anna né l'ospite, si alzò e, camminando in punta di piedi per non farsi sentire, si avvicinò alla camera della figlia. Udendo il cigolio del letto, e le risa soffocate che provenivano dall'interno, sorrise compiaciuta e, sempre in punta di piedi, tornò nel salotto a fare finta di dormire. Mandelli aveva stampata in faccia l'aria beata di chi stava facendo un sogno erotico.

Forse, stava sognando il suo primo amore, fermo all'età dei vent'anni. Com'era adesso, invecchiata come lui, grassa e con le borse sotto gli occhi? Aveva l'alito pesante?

Gli era accaduto più volte, mentre si sbarbava, di trasferire su di lei l'immagine di sé riflessa nello specchio. Nei sogni, invece, Marika gli appariva sempre uguale a se stessa. Quando, dopo essere rimasta incinta, lei aveva deciso di portare con sé il frutto dell'avventura gioiosa e spensierata della giovinezza, non poteva certo immaginare quale futuro le avrebbe riservato il suo paese di origine.

E non poteva immaginarlo neppure lo studente universitario Mandelli che, rifiutando di assumersi le proprie responsabilità, l'aveva abbandonata al suo destino. Un destino al quale la giovane aveva pensato di sottrarsi, cercandone uno migliore in Italia. Ma il destino non lo si può allontanare, è come l'ombra che ognuno si porta dietro per tutta la vita.

L'uomo della bambola adesso aveva finalmente un nome - Bartolomeo Longo - e Guzzetti un compagno di galera che non poteva più contare su di lui, come gli aveva promesso, per la difesa gratuita in tribunale. In attesa del processo a loro carico, si ritrovarono entrambi nel medesimo carcere ma, per fortuna dell'avvocato, rinchiusi in due sezioni diverse.

Altrimenti - questo almeno era il proposito di Longo -, la parte residua della somma promessa, e non intascata, gliela avrebbe fatta sputare con le buone o con le cattive. Anzi, più con le cattive che con le buone. Tanto, un anno in più o in meno di galera non gli avrebbe cambiato la vita.

La più contenta sembrava Venerina che, in un colpo solo, si era liberata del marito e dell'intermediario deciso a spillarle i soldi della seconda tranche. A conti fatti però - è proprio il caso di chiamarli così, conti - neppure lei poteva dirsi del tutto soddisfatta perché, nella situazione che si era creata, non poteva più fare affidamento sulle cospicue somme che il marito le passava grazie alla sua redditizia professione.

A proposito della quale, un compagno di cella un giorno raccontò la barzelletta di un tizio molto ricco - e prossimo a morire - che chiamò presso il suo capezzale il proprio avvocato e il proprio notaio di fiducia dicendo: "Ecco, bravi, mettetevi uno a destra e uno a sinistra del mio letto, così posso morire come Gesù in mezzo ai due ladroni!"

A Guzzetti non venne da ridere e, nel caso fosse stato presente l'amico notaio, neanche lui si sarebbe divertito sentendosi paragonare a uno dei due malfattori ai lati della croce.

Un giorno, il questore decise di convocare direttamente nel suo ufficio Casone che, nelle schermaglie verbali per telefono, riusciva sempre a cavarsela dimostrandosi, secondo i casi, reticente oppure mellifluo.

- Occorre risolvere il mistero della donna del bosco - gli disse perentorio -, sono stanco dei suoi tatticismi. Sono stanco di sentirmi dire che sono insorte delle difficoltà,

che ce la state mettendo tutta, che la situazione si è rivelata più difficile del previsto e altre scuse del genere! Commissario, parliamoci chiaro, o lei riesce a risolvere il caso o mi vedrò costretto ad affidare l'incarico al commissario Belcastro.
A quel nome Casone si sentì urticare in tutto il corpo e stava per abbandonarsi a una reazione scomposta. Invece, si mise a contare mentalmente fino a dieci e poi, come se fosse seduto dietro la propria scrivania anziché di fronte al questore, rispose con studiata ironia:
- Signor questore, mi rimetto alle sue decisioni che sono sempre ponderate e frutto di un'esperienza di gran lunga superiore alla mia. Se mi ritiene inadeguato a risolvere il caso, e preferisce assegnarlo al dottor Belcastro, le assicuro che non mi offendo. Anzi, sarò lieto di passargli tutto il materiale che ho raccolto fin qui.
- Non metto in dubbio le sue doti, dottor Casone, né le sue buone intenzioni. Ciò che occorre è oliare meglio la macchina investigativa, i suoi collaboratori devono lavorare di conserva, mi capisce? Di conserva!
- Certo, signor questore, mi deve solo dire qual è la sua ultima volontà.
- Per ora le rinnovo la mia fiducia, continui pure ma, mi raccomando, non dimentichi ciò che le ho detto.
Più per disciplina che per convinzione, una volta tornato nel suo ufficio Casone convocò i suoi tre collaboratori.
- Sono stato io - disse - ad assegnare a ognuno di voi il proprio compito. È arrivato il momento di non disperdere le forze e di lavorare insieme o, come ha testualmente detto il questore, di *conserva*. Totò, sentendo un'espressione del genere, avrebbe creato subito uno dei suoi bisticci lessicali per cui era famoso. Il questore, in buona sostanza, ha minacciato di assegnare il caso a Belcastro che non

vede l'ora di farsi bello ai suoi occhi. Voi che dite, gli vogliamo dare questa soddisfazione?
I tre si guardarono in faccia e poi, unanimi, risposero:
- No!
- Allora - concluse Casone -, datevi da fare.

Diciannove

Ture, Antonescu e Gabor erano già stati assicurati alla giustizia e si trovavano in carcere in attesa del processo. Se da una parte fu facile mettersi in contatto con loro, dall'altra - come c'era da attendersi - si rivelò invece difficile ricavare da ognuno qualche nuova informazione che facesse luce sull'omicidio della donna.
Patanè suggerì uno stratagemma.
- Interroghiamoli separatamente, promettendo a ognuno forti sconti di pena a condizione che si dichiarino disposti a collaborare o, almeno, ad accusarsi reciprocamente.
- L'idea mi sembra buona - disse Colangelo -. Il maggiore indiziato, secondo me, è Antonescu.
- Gabor non lo è da meno - aggiunse Voglino.
- Il meno implicato a questo punto sembrerebbe Ture, ma non va trascurato neppure lui - disse Patanè.
- Bene - concluse il vicecommissario -, senza volerlo ci siamo ritagliati il nostro compito. Sondiamo il terreno ognuno per conto proprio e poi mettiamo insieme i risultati.

Il destino di Marika era segnato da tre fattori: la povertà della famiglia di origine, la sua bellezza fisica e l'essere aggrappata ai sani principi che le erano stati inculcati nell'infanzia.

I genitori, osservando la curva iniziale del suo ventre, non la biasimarono per la decisione di non volersi liberare del bambino, anzi condivisero la sua scelta e la incoraggiarono a portare a termine la gravidanza. La strinsero fra le braccia con lo stesso affetto di quando, ragazzina, tornava dalla casa della nonna che, bisognosa di compagnia, di tanto in tanto la tratteneva a lungo con sé.

Tutto questo però strideva con la povertà della famiglia, anzi ne peggiorava la situazione dal momento che, con il suo arrivo, veniva ad aggiungersi un'altra bocca da sfamare.

Per non gravare sui suoi, Marika decise di cercarsi subito un lavoro in paese. Cosa non facile, nonostante fosse disposta a svolgere qualunque attività che non mettesse a rischio la sua gravidanza. Dopo una serie umiliante di rifiuti, una famiglia con numerosa prole le offrì di stirare montagne di biancheria. Nonostante il compenso fosse misero, piuttosto che starsene con le mani in mano, accettò.

Il figlio maggiore, Igor, aveva qualche anno più di lei e da tempo era rimasto senza lavoro. Trascorreva la maggior parte delle sue giornate bighellonando con gli amici, fumando e bevendo. Rincasava sempre mezzo ubriaco.

Un giorno, trovò Marika da sola in casa e prese a importunarla con delle proposte oscene. Lei provò a difendersi, facendogli intendere di non avere nessuna intenzione di cedere alle sue voglie. Alla fine, viste inutili anche le minacce di raccontare tutto ai genitori, in un disperato tentativo di allontanarlo gli diresse contro un getto di vapore. Ustionato al volto, il giovane si mise a gridare per il dolore e a minacciare di ucciderla.

Per fortuna, sentendo le loro urla, due vicini di casa, marito e moglie, accorsero e lo bloccarono prima che mettesse in atto il suo proposito.

La donna si premurò di portare Marika a casa propria, mentre l'uomo accompagnò Igor al pronto soccorso per le cure del caso. In breve tempo la notizia si sparse nel piccolo paese costringendo Marika, dopo la brutta esperienza, a barricarsi in casa dei genitori che si impegnò a tenere sempre pulita e ordinata. La madre non voleva che si strapazzasse, ma lei si ostinava a svolgere tutti i lavori, anche i più gravosi.

Un giorno, tornando dall'officina dove collaborava con il proprietario maniscalco al pareggio e alla ferratura dei cavalli, il padre di Marika portò alla figlia un ritaglio di giornale.

Una ditta cercava venti operaie per il nuovo stabilimento sorto nella città di Focşani.

- Papà - obiettò Marika - Focşani dista da Ceardac quasi quattro chilometri, come faccio a percorrerli a piedi due volte al giorno nelle mie condizioni?

- Il proprietario dell'officina ha promesso di prestarmi il suo cavallo e il carro. Penserò io ad accompagnarti.

- Alla fine del mese, però, perderai una parte dello stipendio.

- No, figlia mia, il mio datore di lavoro ha giurato che, se gli capita a tiro, ci pensa lui a pareggiare i conti con Igor.

Il mattino dopo, di buonora, padre e figlia si recarono alla sede della ditta. Il direttore del personale li accolse con gentilezza ma, appena si accorse che la ragazza era incinta, disse:

- Mi dispiace, signorina, ma non assumiamo personale nelle sue condizioni. Non glielo ha spiegato suo padre?

Detto questo, si alzò in piedi, le strinse la mano e le augurò buona fortuna. Sulla strada del ritorno, Marika aveva il cuore pieno di brutti presentimenti. Poggiò le mani sul ventre e, presa dallo scoramento, si mise a piangere.

Il proprietario, vedendoli tornare in anticipo, capì al volo come erano andate le cose, ma volle ugualmente informarsi.

- Allora - chiese - ti hanno assunta?

Marika aveva ancora gli occhi gonfi di pianto e lasciò che fosse il padre a rispondere. L'uomo allargò le braccia.

- Mia figlia è incinta - disse, rassegnato - e per lei non c'è nessuna speranza.

- Non è vero, mio figlio Ştefan ha venticinque anni e ha sempre dichiarato di non voler continuare la mia l'attività. Nel centro del paese si vendeva un bilocale al piano terra, l'ho acquistato con i miei risparmi e ne ho ricavato un bar. Ti piacerebbe fare la barista? - chiese il mastro maniscalco.

Marika non aveva nessuna pratica in quel settore, ma in breve apprese non solo a stare alla cassa, ma anche a servire i clienti che ricevevano volentieri dalle sue mani le tazzine di caffè, i cappuccini e i cornetti ancora caldi.

I modi affabili, e il sorriso con cui li serviva, ben presto ne fecero crescere il numero, con grande soddisfazione di Ştefan che, più passava il tempo, più avvertiva una forma di gelosia nei confronti degli uomini che le rivolgevano apprezzamenti sempre più espliciti.

Un pomeriggio, non potendone più della sfacciataggine di uno di loro, noto per essere uno sciupafemmine, lo invitò a smettere di importunare la commessa. Lui, per tutta risposta, disse:

- Perché, se no, che fai?

- Ti spacco la faccia!

- Provaci, se hai il coraggio.

Ştefan con un balzo gli fu addosso e gli sferrò un pugno in faccia che l'altro restituì con sorprendente rapidità. Ne seguì una furibonda lotta con urla, grida, rovesciamento di tavoli e di sedie. I due si arresero solo grazie all'intervento dei clienti che provvidero a separarli.

- Non farti più vedere nel mio locale! - lo minacciò Ştefan che grondava sangue dalla fronte.

Il tizio, prima di uscire, sputò per terra e strofinò più volte, platealmente, le scarpe sul pavimento.

Marika, intanto, era andata a a prelevare una confezione di lysoform medical per disinfettare la ferita di Ştefan. Niente di grave, ma tanto bastò perché la rabbia, che ancora gli bolliva dentro, quella sera gli impedisse di addormentarsi come normalmente gli accadeva appena toccava il letto.

Si soffermò a lungo a ripensare al calore delle mani di Marika sul suo volto mentre gli medicava la ferita e, soprattutto, al bacio che alla fine le aveva dato per ringraziarla.

Marika, a sua volta, non mancò di raccontare l'accaduto a suo padre che conosceva bene quell'individuo.

- Se dovesse provare a importunarti di nuovo, ci penso io a fargli passare le fantasie una volta per tutte! - la rassicurò.

Anche lei, prima di addormentarsi, non poté fare a meno di rivedere la scena dello scazzottamento, ma indugiò soprattutto a ripensare al bacio ricevuto sulla guancia.

Il mattino dopo, appena entrata nel bar, Ştefan le chiese:

- Come va la gravidanza? Te la senti ancora di venire a lavorare?

Senza attendere la risposta, le diede di nuovo un bacio.

- Ci tengo a te, hai visto cosa ho combinato ieri sera? - le disse.

- La colpa non è stata tua.

- Lo so, ma non posso più sopportare quel dongiovanni da strapazzo né chiunque altro osa avvicinarsi a te.

Mentre diceva questo, un lieve rossore gli imporporò il viso. Marika si sentì in imbarazzo, ma apprezzò il gesto con cui Ştefan la prese per mano e l'accompagnò alla cassa.

- Da oggi - disse - non ti voglio più vedere in piedi dietro quel bancone, intesi?

- Grazie - rispose lei -. Quando non potrò più venire, come farai? Tornerai a lavorare da solo?
- No, ti farò sostituire da tua madre.
Quando il nascituro prese a manifestare imperiosamente il desiderio di venire al mondo, i clienti non trovarono più Marika nel bar, neanche dietro la cassa.
- Ogni promessa è debito - disse Ştefan prima di salutare la partoriente che abbracciò e baciò sulle guance.
- Speriamo che sia maschio! - esclamò.
- Perché le femminucce non ti piacciono?
- Certo che mi piacciono, nel qual caso spero che somigli a sua madre.
Marika, compiaciuta, divenne rossa.
Il nascituro sembrava però che non avesse più tanta fretta e, nei giorni precedenti il parto, Ştefan non mancò di farle visita presentandosi ogni volta con un mazzo di fiori in mano.
- Lei è il padre? - gli chiese la suora del reparto maternità.
Non avendo nessuna voglia di soddisfare la curiosità della religiosa che continuava a puntare lo sguardo sul suo anulare sprovvisto di anello nuziale, rispose sbrigativamente:
- Sì.
La suora gli sorrise, ma dallo sguardo si capiva che non era molto contenta della loro unione non suggellata dal vincolo del matrimonio.
- Pregherò per voi - promise, allontanandosi.
Appena uscita, Marika, stupita, chiese:
- Come ti è saltato in mente di dire che sei il padre?
- Ancora non hai capito che ti amo e ti voglio sposare? Così la suora potrà affermare che le sue preghiere sono state esaudite. Il bambino, o bambina che sia, voglio che porti il mio cognome.
A Marika spuntarono due lacrime.
- Abbracciami - disse.

Venti

Dopo la morte di Gerda, Ture era caduto in uno stato di prostrazione tale che la sua richiesta di trasferimento in una cella più tranquilla alla fine fu accolta. Adesso si trovava in attesa di essere condotto in aula per le fasi dibattimentali del processo a suo carico, ma non si aspettava certo di comparire di nuovo davanti a Colangelo.

In carcere, di notte, si era rivisto in sogno nella umiliante posizione assunta quando, pur di non finire nella cella del temuto Gerlando, si era gettato ai suoi piedi.

Che vorrà mai? - si domandò, mentre lo conducevano in commissariato.

- Abbiamo motivo di pensare - affermò l'ispettore - che lei sia coinvolto non solo nel reclutamento e nello sfruttamento delle prostitute provenienti dall'est, ma anche nell'uccisione della donna trovata nel bosco.

Ture lo guardò sgomento.

- Ispettore, vuole che mi butti di nuovo in ginocchio per provare la mia innocenza? Io non so niente di quella donna e soprattutto non sono un assassino.

- E se le dicessi che siamo entrati in possesso di nuove prove, dalle quali emerge che lei era colluso con Antonescu?

- Lui sì che ha le mani sporche di sangue! - esclamò Ture - Chi

uccide una volta è portato a farlo di nuovo, come accade a chi si droga.

- Parli per esperienza?

- No, ma nel mondo della prostituzione si vede di tutto.

- Si vede e si fa di tutto - commentò Colangelo -, persino ammazzare. Dunque, se ho ben capito, a uccidere la donna è stato Antonescu? Ne sei sicuro?

- Io sono sicuro solo della mia innocenza.

- Allora, perché hai detto che ha le mani macchiate di sangue?

- Perché, non riuscendo a portarmi via Gerda, per vendicarsi l'ha fatta uccidere.

- Sei proprio sicuro che sia lui il responsabile della morte della donna?

- Gliel'ho detto prima quello che ho imparato nella vita: chi uccide una volta poi ci fa il callo.

- Per l'ultima volta, ti consiglio di dire la verità o ti sbatto di nuovo in cella con Gerlando.

Voglino e Patanè intanto stavano interrogando l'uno Antonescu e l'altro Gabor nel proprio ufficio.

- Veniamo al dunque - disse il vicecommissario -. Ho qui il verbale del precedente interrogatorio. Rileggo le domande che ti invito a confermare o smentire.

- Conosci il nome della donna abbandonata nel bosco?

- No.

- Ad ammazzarla è stato Gabor?

- Non lo so.

- Tu menti sapendo di mentire! - si infuriò Voglino -. Sei a conoscenza di tutto e non vuoi confessare. Hai fatto avvelenare in carcere Gerda e sei il mandante dell'uccisione della donna del bosco!

- Su quali prove lei basa queste sue affermazioni?

- Sul fatto che a te piacciono le belle donne, comprese quelle degli altri e, quando non riesci nel tuo intento, per reazione non ti fai scrupolo di ucciderle o di farle uccidere. Lo hai dimostrato con la vendetta messa in atto contro Gabor. Ti dice niente il suo nome? E quello di Petran?
Antonescu si sforzava di capire il retropensiero di Voglino.
- Dove vuole andare a parare? - domandò.
- Ancora non ti è chiaro? - chiese in tono sardonico il vicecommissario - Quei due individui verranno presto a farti compagnia in cella, così potrai fare bei sogni in attesa del processo per duplice omicidio.
Gabor, a sua volta, si trovava a colloquio con Patanè che, senza perdersi in inutili preamboli, lo mise subito di fronte al dilemma:
- O vuoti il sacco, e mi racconti tutto quello che sai, oppure ti spedisco dritto in compagnia di Antonescu.
La strategia di mettere i tre detenuti di fronte alla prospettiva di ritrovarsi a scontare la pena in una stessa cella era stata concordata dai tre, con esplicito riferimento alla volontà del questore di lavorare di conserva.

A distanza di un mese, il parroco di Ceardac celebrò il matrimonio tra Ştefan e Marika e, al tempo stesso, battezzò la bambina a cui fu posto il nome della nonna materna, Fiorela.
All'uscita, gli sposi furono costretti a proteggersi con le braccia dal lancio di riso che continuava a piovere sulle loro teste. Alla scena, defilato e indispettito, assisteva anche Igor. Ştefan avrebbe preferito un maschietto, ma si affezionò ugualmente alla piccola come fosse figlia sua.
La vide crescere bella e sana come la mamma, a cui aveva rubato il sorriso e il colore degli occhi.
Il loro si rivelò un matrimonio felice, anche se in seguito non fu allietato dall'arrivo di nuovi figli. I due, grazie alla

nonna che si prese cura della nipotina, poterono continuare a gestire l'attività del bar. Fiorela ebbe modo così di frequentare regolarmente l'asilo e le scuole dell'obbligo, al termine delle quali però fu costretta a interrompere il suo percorso scolastico.

La nonna, che l'aveva seguita amorevolmente per tanti anni, adesso aveva bisogno a sua volta di essere aiutata a causa della malattia che l'aveva colpita. Il compito di prendersi cura della madre fino al giorno della morte ricadde tutto sulle spalle di Marika. Quando morì, le tempie di Ştefan erano già striate da abbondanti sfumature di grigio e Marika doveva ricorrere alla tintura per coprire i fili d'argento fra i suoi capelli neri.

- Mi sembra arrivato il momento di prenderci un periodo di meritato riposo - propose Ştefan -. Tu che ne dici?

- E chi penserà a mandare avanti l'attività? - domandò Marika.

- Lavorando con me, Fiorela ha appreso come si gestisce il bar. Ormai ha superato i vent'anni e sono sicuro che riuscirà a cavarsela da sola. E poi, ti sei dimenticata che non abbiamo fatto il viaggio di nozze, perché non ce lo potevamo permettere? Dove ti piacerebbe andare?

Marika, come tutte le spose novelle, aveva sognato di partire per la luna di miele con l'uomo che amava, e a cui andava tutta la sua gratitudine. Ma non erano tempi, quelli, per concedersi un lusso del genere.

Ora la situazione economica era migliorata, la figlia si era fatta grande e aveva un'occupazione che, in futuro, le avrebbe garantito una sicura fonte di reddito.

- L'Italia è bella ma, costretta come ero a lavorare tutto il giorno, non ho avuto modo di conoscere nessuna delle sue famose bellezze. Vorrei visitare Venezia e fare un giro in gondola sul Canal Grande.

- Per noi rumeni l'Italia è la terra dei sogni, anche a me piace l'idea di andare a Venezia.

Ştefan aveva acquistato una Dacia Solenza di seconda mano con cui, appena poteva, portava in gita la famiglia fino alle bocche del Danubio o nella città di Costanza.

A volte, quando era di buonumore, a loro tre si aggiungeva il padre di Marika rimasto vedovo.

Fiorela, quando venne a conoscenza della decisione dei suoi genitori, li strinse entrambi in un grande abbraccio.

- Sì - disse - ne avete tutto il diritto. Appena me lo potrò permettere, mi concederò pure io un viaggio in Italia.

- Ce la farai a stare senza di noi? Non hai paura? - chiese Marika.

- C'è il nonno, ci penserà lui a proteggermi.

La Romania faceva parte dell'Unione Europea dal 2007 e non fu necessario avviare le pratiche per il passaporto.

Sistemati i bagagli sulla vecchia Dacia Solenza, partirono di buonora alla volta di Bucarest. Avevano calcolato di arrivare allo scalo aeroportuale in poco più di tre ore.

- Auguri mamma, auguri papà! - continuò a ripetere con il groppo in gola Fiorela, fino a quando non li vide scomparire dietro la curva che, per la prima volta, li allontanava da lei.

Anche loro, non vedendola più, si sentirono stringere la gola sapendo che la stavano lasciando da sola a Ceardac. Pur avendo più di vent'anni, era pur sempre la loro bambina!

Ventuno

Il sole già sostava all'orizzonte quando giunsero nel paese di Dumbräveni. Poi, procedendo a velocità sostenuta, si diressero a Orbrejit e a Rämnicu Särate senza incontrare ostacoli sulla loro strada. Prima della partenza, Ştefan era passato dal meccanico che gli aveva venduto la macchina per il controllo delle gomme, dei freni, dei livelli e delle luci.
Tutto era risultato in perfetto ordine.
Quando, sotto un sole sfolgorante, apparvero in lontananza i contorni della città di Oreavu, improvvisamente una Dacia Logan - che viaggiava in senso contrario - uscendo di corsia investì in pieno la Dacia Solenza di Ştefan che non ebbe neppure il tempo di capire cosa stesse succedendo.
Mezzora dopo, la politia română trovò le due macchine incastrate l'una nell'altra. Per estrarre i corpi dalle lamiere accartocciate si rese necessario l'intervento dei vigili del fuoco che dovettero ricorrere all'uso della fiamma ossidrica.
L'autopsia riscontrò notevoli tracce di cocaina nel sangue dell'investitore la cui auto, per giunta, risultò priva di revisione e di assicurazione. Il che non fece che aggiungere un senso di rabbia e di frustrazione allo strazio di Fiorela.

Rimasta sola, la ragazza non si perse d'animo e decise di continuare a lavorare nel bar, la cui proprietà apparteneva a Constantin che vi aveva investito tutti i suoi risparmi.

Ora l'uomo era avanti negli anni e non esercitava più la sua professione di maniscalco.

- Nipote mia - le disse -, il mio dolore è pari al tuo. So che adesso non potrai più fare conto su mio figlio, e neppure io. Vorrei aiutarti, ma i soldi a volte non mi bastano per fare fronte a tutte le spese.

- Nonno - rispose Fiorela -, io non so se riuscirò a pagarti regolarmente l'affitto, sappi però che ho intenzione di dividere con te tutti i miei guadagni.

- Non è necessario, basta che tu mi venga incontro quando non riesco ad arrivare alla fine del mese.

- Grazie - disse Fiorela, commossa da tanta generosità -. Ogni lunedì, giorno di chiusura del bar, verrò a riordinare la casa, a stirare la biancheria e a prepararti da mangiare.

L'espediente di mettere insieme dentro un'unica cella l'italiano Ture e i due rumeni, Antonescu e Petran, dette un risultato non dissimile da quello che un contadino inesperto può aspettarsi, inserendo tre galli in uno stesso pollaio: niente aumento di uova, ma solo combattimenti all'ultimo sangue.

Nell'angusta cella del carcere le accuse reciproche, i litigi furibondi e le continue minacce di scannarsi a vicenda non fecero emergere nessuna verità. Come erano entrati, così tutti e tre uscirono gravati dal sospetto - reciproco e delle autorità - che ognuno di loro fosse l'autore dell'assassinio della donna.

La gente di Ceardac, con il passare del tempo, dimenticò la tragedia di Marika e Ştefan e, di loro, alla fine non rimase che il nome inciso su una lapide del cimitero.

Fiorela si recava spesso a sostituire i lumini consumati e a cambiare i fiori appassiti. Poi, si faceva in fretta il segno della croce e tornava a lavorare, sforzandosi di sorridere da dietro il bancone del bar.

Nella diffusa mancanza di prospettive di lavoro, l'attività della ragazza faceva gola a molti e, come c'era da attendersi, qualche tempo dopo la scomparsa dei genitori andò di nuovo in scena l'indecente spettacolo di alcuni uomini maturi che, sbavando, facevano a gara per contendersela.

Soprattutto Igor che, nonostante il colore più bianco che grigio dei capelli superstiti, era deciso a rifarsi di ciò che il getto di vapore sul viso gli aveva impedito di ottenere a suo tempo dalla madre Marika.

La notizia della sfacciataggine con cui l'uomo continuava a importunare la nipote giunse alle orecchie di Constantin. Nel retro della casa egli aveva ricavato un piccolo laboratorio, dove custodiva ancora gli attrezzi del mestiere: ferri di cavallo, pinze di varia misura, un paio di grossi martelli, un'incudine e persino una vecchia forgia a manovella.

Gli tornò in mente il giorno in cui, in preda all'ira, si era avventato contro un cliente moroso che, tutto impettito, andava in giro facendo sfoggio della sua cavalcatura dalla sella costosa e dai finimenti di pregio. Lo sbalzò agilmente dal cavallo e, con il martello sollevato minacciosamente in alto, gli fece sputare uno dopo l'altro tutti i soldi che gli doveva. Quel giorno egli perse un cliente ma, in compenso, acquistò la fama di uomo con il quale non c'era da scherzare.

Entrò deciso nel suo bugigattolo, impugnò nella destra il martello più grosso, prese nella sinistra un ferro di cavallo e alcuni chiodi, e si diresse deciso verso quello che, in fin dei conti, era il suo bar. Quando giunse, notò Igor che usciva tutto ringalluzzito, gli andò incontro e, sollevando il martello in una mano e il ferro di cavallo e i chiodi nell'altra, gli fece sparire dalla faccia tutta la sua baldanza.

- Se ti vedo ancora in giro da queste parti - lo minacciò - giuro che ti ferro la testa!

Igor sbiancò in viso e se la dette a gambe levate, ma dentro di sé giurò vendetta. Quella notte stessa, armato di una tanica di benzina, si avvicinò al retro della casa e vi appiccò il fuoco.

Dallo stambugio, le fiamme divamparono ben presto nel resto dell'abitazione sorprendendo nel sonno il maniscalco. Avvolto nella coperta del letto, Constantin si salvò lanciandosi fuori dalla porta, ma nulla poté contro la violenza del fuoco. I vicini, svegliati di soprassalto, scesero in strada e si prodigarono a passarsi l'un l'altro i secchi d'acqua da lanciare sul fuoco fino all'arrivo dell'autobotte dei pompieri. L'incendio alla fine fu domato, ma della casa di Constantin si salvò ben poco.

Il padre di Marika si offrì subito di dare ospitalità al suo ex datore di lavoro.

Nonostante fossero anziani i due, per farsi compagnia, decisero di riaprire l'officina e - non più come un tempo, ma solo per poche ore al giorno - ripresero a ferrare cavalli, asini e muli.

Dopo la notte dell'incendio, Igor riuscì a far perdere le sue tracce, e a sottrarsi alla giustizia, con grande disappunto dei due consuoceri e, soprattutto, di Fiorela.

La ragazza, consapevole di essere la causa, sia pure indiretta, dell'incendio, non riusciva più a lavorare con la necessaria serenità. Anche perché, contro ogni sua ingenua aspettativa, numerosi mosconi ripresero a ronzarle intorno, infastidendola in ogni modo dentro e fuori del bar.

Alla fine, esasperata, si rivolse a Costantin per comunicargli di non avere più intenzione di gestire l'attività.

- E cosa farai senza il tuo lavoro? - le chiese.

- Espatrierò come tanti altri giovani, e come fu costretta a fare a suo tempo mia madre.
- Dove andrai?
- Dove erano diretti in viaggio di nozze i miei genitori.
- Vuoi anche tu cercare fortuna in Italia?
- Sì, questo è il mio desiderio e forse, anche, il mio destino. Tu, così, potrai fare conto tutti i mesi sull'affitto del bar.
- No, non pensare a me, sono vecchio e fra qualche anno non ci sarò più.
- Appunto, chi verrà poi con il martello in mano a difendermi?
- C'è sempre il tuo vero nonno.
- Ho pensato soprattutto a lui. Appena riuscirò a sistemarmi, lo inviterò a venire in Italia per fargli trascorrere serenamente gli ultimi anni della sua vita.
- Questo pensiero ti fa onore, gliene hai parlato?
- No, ho pensato di affidare a te il compito di convincerlo a lasciarmi partire. So che si opporrà con tutte le sue forze.
- Allora, rinuncia a partire.
- No, non me la sento più di vivere in questo modo. Sogno per me un futuro migliore.

In un flash di agenzia, Rai Uno dette notizia e rivelò anche i nomi dei due sfortunati sposi rumeni diretti in Italia per compiere il loro viaggio di nozze, tanto atteso e sognato. La loro tragica fine commosse i telespettatori rumeni presenti in Italia. Mandelli, che si trovava di fronte al televisore acceso, si sentì svenire. Di Marika non aveva più saputo niente né lui, colpevolmente, si era interessato per avere sue notizie.
Lo aveva appena fatto, e nel peggiore dei modi, il notiziario che mai come in quel caso gli parve così devastante.

Gli piombò addosso l'antica responsabilità che, per tanti anni, aveva cercato di rimuovere. Si rivide studente universitario nei momenti più gioiosi della sua giovanile passione per la bella cameriera, ma allontanò con orrore dalla mente l'immagine di lei morta schiacciata dentro la macchina.
In silenzio, non riuscì a frenare le lacrime.

Ventidue

La ricerca dell'assassino, che aveva dato esito negativo anche dopo gli interrogatori dei tre collaboratori di Casone, nei giorni successivi subì un'insperata accelerazione.

Successe infatti che Igor, temendo di finire in prigione o, peggio ancora, all'altro mondo nel caso si fosse imbattuto in Constantin, sotto falso nome riuscì a imbarcarsi insieme ad altri emigranti e giunse in Italia.

All'epoca in cui Marika lavorava come stiratrice nella casa dei suoi genitori, aveva frugato di nascosto nella borsetta di lei e vi aveva trovato la foto di un giovane che, sul retro, recava la data e il nome di una località italiana.

Immaginando che fosse stato lui a metterla incinta, aveva preso carta e penna e ricopiato velocemente il tutto. Arrivato in Italia, si attivò subito per procurarsi un lavoro.

Non trovandolo in alcun modo, si ridusse prima a vivere di espedienti - come già era successo a molti altri clandestini - e poi a spacciare droga.

La fotografia del giovane Mandelli era finita anche nelle mani di Fiorela che, non resistendo alla curiosità, aveva chiesto insistentemente alla mamma chi fosse quel bel ragazzo.

Venuta a conoscenza della verità, si era sentita invadere da un acuto desiderio di conoscere il suo vero padre.

I due nonni, quello vero e quello acquisito, cercarono in tutti i modi di dissuadere la nipote dal lasciare la Romania per andare incontro a un destino ignoto e pieno di pericoli. Fiorela aveva però oppose la sua ferma decisione di sottrarsi a una situazione che per lei era diventata ormai intollerabile.

Durante il viaggio in aereo mise più volte a confronto due fotografie - la propria e quella di suo padre - per trovarvi tracce di somiglianza nell'espressione del viso, nel taglio della bocca, nel colore degli occhi. Giunta a destinazione, per prima cosa si premurò di raggiungere la località indicata sul retro della fotografia, nella speranza di ritrovare ancora vivo suo padre.

A sua volta Igor, dopo numerosi tentativi, riuscì a scovare il paese. Perlustrandolo in lungo e in largo, un giorno gli parve di scorgere, sull'altro lato della strada, Fiorela che reggeva in mano una foto e si mise a pedinarla.

La vide entrare e uscire da diversi negozi, fermare alcuni passanti e alla fine dirigersi verso i locali della parrocchia.

Il parroco del paese, in passato, era stato più volte ospite della Fundatia de Voluntari Somaschi di Baia Mare in Romania e quindi non ebbe difficoltà a capire il racconto di Marika e la sua richiesta di aiuto.

- Pot avea o cameră unde pot sta temporar? - chiese infatti Fiorela che non conosceva una parola di italiano.

Il sacerdote che, per ragioni di opportunità, non se la sentiva di alloggiare una giovane donna in parrocchia, rispose in rumeno:

- Aici in parohie nu, te voi lasă său găzduieşti pe sora mea.

La sorella del parroco era nubile e fu ben felice di ospitarla nella sua casa che distava poco dalla parrocchia. Fiorela voleva pagare l'affitto ma la donna, in cambio, le chiese solo di darle una mano nelle faccende domestiche e nel fare le spese. Nello stesso tempo, si impegnò per farle apprendere i primi rudimenti della lingua italiana e per procurarle un lavoro .

Igor non aveva nessuna intenzione di demordere e tutti i giorni, pazientemente, l'attese al varco. Una mattina, finalmente, la vide uscire dal supermercato, le si accostò e, con fare gentile, si offrì di aiutarla a portare le borse della spesa. Lei, appena lo riconobbe, le abbandonò per terra e si mise a correre. Lui la inseguì e in breve tempo riuscì a raggiungerla.

- Non intendo farti del male - cercò di rassicurarla in tono fintamente affabile -, desidero solo aiutarti.

Per dimostrare le sue buone intenzioni, tornò indietro per recuperare le borse che però, nel frattempo, erano state afferrate da un passante che subito dopo si era dileguato.

Fiorela ne approfittò per scappare di nuovo.

Igor, dopo avere raggiunto il ladro e recuperata la spesa, cercò di affrettare il passo ma, appesantito com'era dalle borse, non fece in tempo a raggiungerla prima che scomparisse dentro un portone che si richiuse subito alle sue spalle. Le depose per terra davanti alla casa e si allontanò deluso.

Da quel giorno, Fiorela non riuscì più a vivere tranquilla: Igor aveva ormai scoperto il suo nascondiglio.

- Ce fac acumi? - chiese alla sorella del parroco.

La donna le consigliò di nascondersi per qualche tempo in albergo in attesa di momenti migliori.

Igor, con ostinazione, continuò tutti i giorni a spiare le mosse della ragazza finché una sera la vide uscire con la sorella del parroco che, a piedi, la stava accompagnando all'albergo.

Il giorno successivo, presentando un falso documento, il rumeno riuscì a farsi assegnare una stanza. Giunta l'ora della cena, attese che Fiorela aprisse la porta della camera.

Poi, con mossa fulminea, le fu addosso e, puntandole un coltello alla gola, la costrinse a entrare. Prima che la ragazza si mettesse a urlare, le coprì la bocca con un nastro adesivo e la rovesciò sul letto. Lei tentò in tutti i modi di difendersi, ma Igor riuscì brutalmente a bloccarla e la violentò.

Alla fine, ancora ansimante, si distese al suo fianco, le prese una mano ed esclamò:

"Adesso sei mia, non puoi più sfuggirmi !"

Fiorela con l'altra si strappò con rabbia il nastro dalla bocca e si mise a gridare. Igor, per evitare che accorresse il personale dell'albergo, l'afferrò per la gola per costringerla al silenzio.

Lei invece continuò a dibattersi e a invocare aiuto. A quel punto, accecato dall'ira, la strinse più forte fino a quando la ragazza cessò di respirare.

Prima di abbandonare la stanza, Igor aprì con cautela la porta per controllare che non ci fosse nessuno nel corridoio. Appena si accorse di avere via libera, si precipitò giù dalle scale e, approfittando che l'atrio si era svuotato, si dileguò nel buio.

La mattina seguente una cameriera, entrando nella stanza per le pulizie, fece la macabra scoperta e poco mancò che svenisse.

L'albergo, un paio di anni prima, era già stato al centro di una tormentata inchiesta della magistratura. Un ricco imprenditore - che si era fatto riservare la migliore suite per trascorrere notti di sesso sfrenato con le sue numerose amanti - un giorno fu trovato morto per avvelenamento.

Se ne parlò a lungo in televisione e sui giornali, prima che il caso venisse finalmente risolto.

Il nuovo episodio allarmò moltissimo il proprietario che, per evitare un nuovo grave danno per l'immagine dell'albergo, decise di non denunciare l'accaduto. Attese il sopraggiungere della notte e affidò a due uomini di fiducia il compito di caricare il cadavere dentro un furgone e di abbandonarlo in un luogo il più possibile lontano e nascosto.

La sorella del parroco, non riuscendo più a mettersi in contatto telefonico con Fiorela, si insospettì e fu tentata più volte di recarsi in commissariato per presentare una denuncia, corredandola di tutte le informazioni in suo possesso.

Alla fine però, sentendosi in difetto per non avere dichiarato di ospitare in casa propria una straniera, desistette.

Igor, per evitare di essere catturato, fu costretto a spostarsi da una località all'altra e, per sopravvivere, riprese a spacciare droga. Tutto filò liscio fino al giorno in cui dovette vedersela con un altro spacciatore che, per nulla intenzionato a dividere con il nuovo arrivato quello che ormai considerava il suo territorio, estrasse un coltello e minacciò di ucciderlo.

Ne nacque una violenta colluttazione, al termine della quale a soccombere fu lui che si accasciò a terra colpito a morte.

Alla scena era presente una donna che, in crisi di astinenza, si era recata all'appuntamento per comprare una dose. Si allontanò terrorizzata e, appena ritenne di trovarsi al sicuro, fece partire una telefonata anonima.

Trascorsi alcuni giorni, la cameriera che aveva scoperto il cadavere di Fiorela fu a sua volta sorpresa a rubare nella stanza di un cliente facoltoso. Le scuse, accompagnate da un fiume di lacrime e dalla promessa giurata di non mettere più le mani negli effetti degli ospiti, non riuscirono a far mutare idea al proprietario dell'albergo. La donna, che aveva compiuto da poco cinquant'anni, fu licenziata in tronco.

Ritrovatasi da un giorno all'altro sul lastrico e senza alcuna prospettiva per il futuro, decise di vendicarsi. Digitò il numero del commissariato e rivelò il suo segreto.
Immediatamente scattarono le indagini che Casone volle dirigere in prima persona. A farne le spese fu, innanzitutto, il proprietario dell'albergo che, accusato di mancata denuncia e di occultamento di cadavere, venne arrestato e tradotto in carcere per rispondere delle sue responsabilità.
Le false generalità fornite da Igor non si rivelarono di grande aiuto nella ricerca dell'assassino.
La foto della carta di identità, opportunamente ripulita dalle sbavature proprie di ogni fotocopiatrice, fu subito inviata a tutte le stazioni di polizia, ai giornali e alla televisione.
Il rumeno, per non essere riconosciuto, si fece crescere la barba e usciva solo di sera, camminando rasente i muri e con il cappello ben calcato sulla fronte. A tradirlo fu ancora la necessità di procurarsi i soldi spacciando la droga. Non poteva saperlo, non avendola vista, che fra i clienti in cerca di droga c'era anche la donna che aveva assistito all'omicidio.
Lei invece lo riconobbe subito e, dopo essersi assicurata la dose, si allontanò per avvertire di nuovo la polizia.
Senza perdere tempo, alcune volanti agli ordini di Voglino si recarono sul posto e circondarono la zona in modo da non lasciarsi sfuggire l'assassino. Igor tentò in tutti i modi di nascondersi tra gli alberi, ma le cellule fotoelettriche che fendevano l'oscurità non gli lasciarono scampo.

Il nonno materno di Marika, appena venne a conoscenza dell'uccisione della nipote, si accasciò per terra e dovette essere ricoverato in ospedale. Il suo strazio era pari a quello di Mandelli che non si riusciva a rassegnarsi alla perdita sia di Marika che del frutto del suo primo amore.

Con tardiva resilienza, decise di affrontare la duplice tragedia che si era abbattuta su di lui e si recò in commissariato.

- Sono stato io - dichiarò tra le lacrime - a scoprire per primo il cadavere della donna nel bosco. Tornato a casa ho preso la cornetta, ho composto il numero ma poi, per paura che la vicenda potesse sconvolgere la mia vita di pensionato, ho interrotto bruscamente la comunicazione. Tutto potevo immaginare, tranne che potesse trattarsi di mia figlia!

Estrasse dalla tasca il fazzoletto, si asciugò le lacrime e poi, emettendo un lungo sospiro, esclamò:

- Questa è la mia pena del contrappasso!

Casone Pasquale	commissario
Colangelo Felice	ispettore
Fiorela	figlia di Marika
Galli Mariano	geometra
Mandelli Ernesto	professore in pensione
Marika	cameriera
Barelli Anna	ragioniera
Patanè Michelangelo	agente scelto
Voglino Marcello	vicecommissario